搞懂 17 個關鍵文法，

日語大跳級!

跟著王可樂，打通學習任督二脈

🐾 王可樂 著

有問有解，
輕鬆學會，牢牢記住！

十年多前，當我還是個學生，每天辛苦跟日文「戰い _{戰鬥}」到三更半夜的時候，曾經有一段時間，對於日文學習很迷茫。這是因為每次遇到不懂的問題，不管是向老師詢問，或是閱讀相關書籍解惑，卻怎麼樣都不能了解，甚至更混亂，例如「は、が」助詞的部分。從我學習日文開始，一直到前往日本唸書的期間，問過許多日語老師，就是沒有一位老師的解答能給我「なるほど！」恍然大悟的感覺，實在很「殘念」。

其中多數老師的解說很籠統，而且模稜兩可。他們喜歡用「主觀」「客觀」等抽象或專有名詞做說明，有時還會答非所問，無法對症下藥。加上我天資不好，所以就更聽不懂了。當時我一直在想，有沒有人能用最簡單易懂的方式，正確地指出我的問題點呢？請各位試想一下，一位喉嚨不舒服的人，跑去耳鼻喉科做檢查，醫生講了一大堆「聲帶閉合」「聲帶萎縮」等術語，最後開了藥給病人吃，但病人還是覺得喉嚨不舒服，最後轉診另一個醫生才發現，原來喉嚨不舒服，是因為胃食道逆流，胃酸刺激喉嚨引起的……差不多，就是這樣的感覺。

現在我自己也在教授日文。這段疑惑和解題的學習過程就成了彌足珍貴的參考值。換句話說，當我在講台上為學生講解時，我都會時時提醒自己做到：「不出現專有名詞」「一針見血地回答」「有趣易懂的比

喻」，以及「絕不讓學生對日文失去信心和熱情」，這些「心がけ 留心、注意」幾乎已經成為我的教學座右銘。

比較可惜的是，我們的日語教室除了斗六據點外，尚無餘力前往其他縣市開班授課，為了向更多的學生推廣我們的教學理念，我們已經導入雲端教學，只要有電腦、網路，任何想學日文的人，在世界各地都能隨時隨地觀看我們的課程。也因此，我們除了維持實體教室的課程水準，也盡力在有限的人力資源下，製作出滿足學生最大需求的課程。

而就在這個時候，如何出版社連絡了我們洽談出書計畫，經過多次討論後，才決定了呈現的內容和方向。我們希望做到一貫的教學理念，在風趣幽默的解說中，學習者能一次就懂和會使用正確的日語，同時也秉持座右銘「心がけ」，盡可能地把教室現場的教學內容，完整地搬到這本書裡，簡單卻有深度，有深度又能輕鬆學習，這正是我作為一名日語老師所追求的。

這本書收錄我在教學時，最常被學生問到的一些觀念問題，雖然部分主題跟市面上的書籍有重疊之處，但這是我最「こだわり 執著」的精華版本，內容由淺至深，較簡單的部分適合初學者導入概念，而較複雜一點

的部分則適合進階學習者釐清觀念，可以更深入地學習和使用，但願這本書能幫助所有的學習者，迅速提升日文實力。

最後，有不少學員都有的疑惑，我也藉此做個說明。關於我的愛貓「王可樂」，很多人都以為牠是個大叔，而且因為牠喜歡喝可樂所以才取名可樂……錯錯錯！王可樂這隻貓還是位淑女，本名叫「王可樂」跟喜不喜歡喝可樂沒有半點關係，而且是本書作者（就是我）王仔的最愛。王仔我，在日本唸書的後期，由於學校課程少，空閒時間多，加上心繫家裡的貓咪，所以便以牠的名字成立了「王可樂的日語教室」部落格和臉書，沒想到無心插柳，竟然讓臉書的粉絲頁至今已突破17萬人。

趁此機會也感謝各位粉絲朋友的肯定與支持。還有，這本書編寫的期間，受到ミチク老師、原田千春老師、パンダ桑與日語教室每一位成員的協助與幫忙，如何出版社眾多編輯也給了許多意見及指導，在此一併致謝。

CONTENTS

人物介紹

貓和貓奴的日々

當窩　　可樂　　小朋友　　王仔

王仔
日文老師。寵養三貓兩狗，自稱不偏私，但五根手指有分長短，愛（可樂）貓成癡，連老媽都嘆「媽不如可樂」。

招牌裝扮是白色圓領衫、短褲，而且是藍白拖的膜拜者，個性極度害羞，每天看到他的臉幾乎都紅通通。儘管內向認生，但是一站到講台上教授日語就彷彿傳說中的《東大特訓班》（ドラゴン桜 龍櫻）的櫻木老師上身，國、台、英、日語交雜，生動活潑的教學，讓台下學生豎起耳朵、瞪大眼睛、手沒停的記筆記，還不忘記笑到噴鼻涕。

當窩
排行：老大　性別：公
興趣：在陽台做日光浴、出門散步逍遙

外表野性十足、個性卻很溫和，隨便人摸都不生氣，而且喜歡跟人ㄅㄟㄟㄒㄧㄡ，比起傲嬌女「王可樂」，其實當窩更愛撒嬌。不過，因為自小流浪在外，長大後才被王仔領回來養，所以不時仍會受到犀利哥靈魂驅使，偷溜出去玩。如果一日不出門，就會生氣地在家裡亂灑尿。喜歡在陽台曬太陽、抓小鳥、蟑螂。

可樂

排行：老二　　性別：母
興趣：睡覺、咬吸管、小老鼠玩具

路上撿來的幼貓，現在已經從小妞變熟女了。因為最
受王仔寵愛，要什麼有什麼，還享有可以自由進出
王仔房間的特別待遇，因此養成驕縱的個性，本來
患有輕微的公主病，到現在已演變成太后病了。

這隻傲嬌女自有一套得寵必殺技，常常為了引起王仔注意，會故意跑進
廁所，假裝要喝馬桶裡的水。而且，在王仔過分投入工作時，會故意壓
住電腦鍵盤，最討厭被打擾的王仔反而會開心地說：「她擔心我太累才
這樣子。」（完全貓奴）

雖然是老二，但因為過分受寵，氣勢高張，誰也不怕，跟老大當窩打架
不說，更是隨時給老三‧小朋友下馬威。一進到王仔的私人領域，第一
時間就是找個紙箱攤睡，還常睡到打呼，因為她的癖好，王仔的房間總
是堆滿了準備換床用的紙箱。

小朋友

排行：老三　　性別：母
興趣：磨蹭別人的腳走路、偷呷菜

王仔鄰居小孩棄養的貓。可能是受傷太深，不太信任人，個性恰北北，
除了王媽媽，誰摸她一定都會被抓傷見血（連對主子王仔也沒再客氣
的）。最喜歡趴在平板電視機上取暖（都不會掉下來，真厲害！）

跟老大當窩一樣，都穿著橘色的毛皮，所以常被搞
混，通常都要被她抓傷了，才知道認錯貓了。其實仔
細看，小朋友還是長得很秀氣啦！

三貓劇場

Sense 1

保證一看就懂的「は」跟「が」

 學日語像打電玩，得一路打怪直到破關

如果把學日文看做是打テレビゲーム_{電玩}的話，什麼動詞變化啦，自、他動詞之類的，雖然都不容易學，但實際上它們都只是小囉囉而已，因為它們從來不是真正的敵人，只要能多多打怪提升經驗值（練習），就可以很輕鬆地過關斬將（活用）。

日文中真正的大魔王應該是從五十音開始學，學到考過日檢一級，甚至日文碩、博士班畢業後，又或者變身道地的日本人時，在別人無心詢問下，卻怎麼也回答不出答案的問題，像是被問道：「人為什麼要活著？」先是支支吾吾地說：「えーと、あの……」，然後牽拖地解釋，這是一種非常主觀或客觀的看法，甚至就用「勘（かん）_{直覺}」之類的一字帶過。這對日語教學者和學習者來說，絕對是一個非常遺憾，而且可惜的地方。

那麼在學習日文的過程中，究竟什麼樣的問題正屬於這一類型呢？
沒錯，那就是は跟が。は跟が的用法是我們在打怪的過程中，會遇
上的最強也是最可怕的大魔王，本篇將針對我王仔常被問到的は跟
が疑難，為大家做詳細解說。但願能讓大家充分理解，先跟各位說
明以下幾點：

① 絕不使用任何專有名詞說明
② 絕不使用模稜兩可的主觀、客觀等方式跟大家說明
③ 如果我是一隻放山雞，那這一篇文章就是我的雞精
④ 本篇文章絕不添加任何防腐劑和塑化劑^^

 首先從は開始吧！

🐾 與人溝通最基本的說法

は在日文中，最典型的用法是說明句，何謂說明句呢？
回想我們在學習初級日文時，是不是學過「AはBです」的句子？
像是：

AはBです

私は王です。 　　　　　　　　　　　　我姓王。

王さんは下着泥棒です。	王仔是內衣小偷。
これは猫の餌です。	這個是貓的飼料。
この猫は王可楽です。	這隻貓叫王可樂。
ここは私の家です。	這裡是我家。
今日は日曜日です。	今天是星期日。

像這樣的句子，**は用來說明A是一個什麼樣的B（東西、物品、人物）時**，我們就把它稱為說明句。

🐾 喜歡A、討厭B的對比用法要這樣說

は也可以用來**表示對比**，例如大家常聽到的句子：

🔘 私はあなたが好きです。　　　　　　　　　我喜歡你。

這句話是「我喜歡你」的意思。如果把它改成「我喜歡你，討厭她」，句子會變得如何呢？

☒ 私はあなたが好きです。彼女が嫌いです。　我喜歡你，討厭她。

不不不～日本人並不會這麼說，而會使用對比句，對比句的結構就是「～は～が、～は～」，因此句子會變成：

⭕ 私はあなたは好きですが、彼女は嫌いです。　我喜歡你，討厭她。

其中；私は的「は」是主詞用法，「あなたは／彼女は」的「は」則是對比，至於是什麼東西在對比呢？當然是「好きです」跟「嫌いです」了，類似的句型還有：

> 對比句常用結構＝〜は〜が、〜は〜

王さんはビールは飲みますが、お酒は飲みません。（を→は）

王仔喝啤酒，不喝清酒。

可楽猫はゴキブリは捕りますが、鼠は捕りません。（を→は）

可樂貓抓蟑螂，不抓老鼠。

台湾人はフェイスブックは使いますが、
ウェイボは使いません。（を→は）

台灣人使用臉書，不使用微博。

大家有發現嗎？對比句，一定是拿同類的東西在對比，而且**對比的內容及性質一定是相反的**，例如：**喜歡**金閣寺，**討厭**清水寺；**吃**肯德雞，**不吃**麥當勞之類的，這類句型就叫對比句。

🐾 は有強烈否定的意思

除此之外，は也可以用來表示「否定」，我們都曾學過～がありま
す／ありません的用法。但是當は亂入之後，情況就有點變化了，
這是因為**は具有非常強烈的否定作用，所以當句子後面是否定時，
請使用は**，比方：

～は～ません	
私はお金はありません。	我沒有錢。
その人のことは知りません。	我不認識那個人。

有不少人問過；這裡分別用「～がありません」或「～を知りま
せん」有錯嗎？當然沒錯，但用は更適合。也因此**日檢考題中，
當は、が一起出現時，只要接續否定，請務必一定要選擇は**，這
樣才能正確得分喔！

🐾 は後面一定接疑問詞，疑問詞後面一定加が

は跟が有個非常決定性的差別，那就是**は後面一定接疑問詞，
而疑問詞後面一定加が**，不信我們先來看看「は+疑問詞」的句
型：

これは**何**ですか。	這是什麼？
あの人は**誰**ですか。	那個人是誰？
今日は**何曜日**ですか。	今天是星期幾？
トイレは**どこ**ですか。	廁所在哪裡？
〈愛拚才會贏〉は**誰の歌**ですか。	〈愛拚才會贏〉是誰的歌？

接下來我們再來看看「疑問詞+が」的部分。

何が好きですか。	你喜歡什麼？
誰が田中さんですか。	誰是田中先生？
いつが水曜日ですか。	哪一天是星期三？
どこがトイレですか。	哪裡是廁所？
どの歌が五月天の歌ですか。	哪一首歌是五月天的歌？

😺 請牢牢記住！は問は答、が問が答

另外用は詢問的句型，必須使用は回答，而用が詢問的句型，就使用が回答，像是：

〈愛拚才會贏〉**は**誰の歌ですか。 ➡➡ 〈愛拚才會贏〉**は**葉啓田の歌です。

〈愛拚才會贏〉是誰的歌？→〈愛拚才會贏〉是葉啟田的歌。

どの歌**が**五月天の歌ですか。 ➡➡ 〈突然好想你〉**が**五月天の歌です。

哪一首歌是五月天的歌？→〈突然好想你〉是五月天的歌。

は還有個**從頭管到尾**的重要意思在，就是學術派講的**大主詞**，這部分等我們講完が之後，再說明。

 接著來講が的用法

😺 が有限定的意思

相較於は的說明用法（～は～です），が則是用來表示限定。來比較看看「～は～です」跟「～が～です」有什麼不同吧！

以「王可楽は猫です。」為例，王可楽是隻貓（他個性不好，喜歡搞破壞……）等，跟王可楽相關的評價、說明等，都使用は。如果把它改成「王可楽が猫です。」的話，又會變得如何呢？

這時只有王可楽是貓，ハローキティ Hello kitty 啦、皇阿瑪之類的，他們就都不是貓了。請大家試想一下，日本人在上學新生報到時，通常會自我介紹，他們一定會講：「私は田中です。」，但是為什麼沒人講「私が田中です。」呢？因為如果使用が，那全班同學中就只有他一人是姓田中了，這種「～が～です」的句子就叫限定句。

😺 身體五官所感受到的東西，助詞一定用が

大家應該都看過這樣的句子吧！

危ない、危ない、車が来ました。　　　　　　　危險，危險，車來了。

很多人會把這裡的が稱為自動詞，但其實它有更好的解說法，叫作現象句。那麼何謂現象句呢？只要是眼睛所看到的、耳朵所聽到的，又或者是身體五官所碰觸到、感覺到的物品，都屬於現象句。此時助詞一定使用が。

あ、すごい、嵐山の紅葉がきれいですね。

哇，太美了！嵐山的紅葉好美啊。

あら、可楽猫がまたトイレの中の水を飲んでいます。

哎呀，可樂貓又再喝馬桶裡的水了。

どこからともなくおならの臭いがします。

不知道從哪裡來了屁臭味？

桜が咲いている様子を見て、とても感動しました。

看到綻放的櫻花，真的很感動。

🐾 連體修飾句子的助詞用が，但也有例外

對了，が還有一個很重要的用法。當動詞、形容詞，連接名詞，形成「～的～」的句型（學術派講的「連體修飾」）時，其**主詞一定是が**，例如：

[連體修飾] 動詞或形容詞＋名詞→形成～的～句型＝主詞一定用が

王さんが読む本。	王先生讀的書。
可楽猫が寝る場所。	可樂貓睡覺的地方。
雨が降っている時。	在下雨的時候。

犬がかじった骨。	小狗咬的骨頭。
私が好きな人。	我喜歡的人。
雨が激しい時。	雨下很大的時候。

大家注意到了嗎？當<u>綠色字</u>＋名詞，就會形成修飾句型→～的～＋名詞，這時候句子裡的主詞肯定是が，但為了**避免一個句子裡頭有太多**が，**容易搞錯主詞，因此修飾句型中的**が，**可以用**の**替換**：

［注意］修飾句型中的が，可替換成の

王さんが読む本。＝王さんの読む本。	王先生讀的書。
可楽猫が寝る場所。＝可楽猫の寝る場所。	可樂貓睡覺的地方。
雨が降っている時。＝雨の降っている時。	在下雨的時候。
犬がかじった骨。＝犬のかじった骨。	小狗咬的骨頭。
私が好きな人。＝私の好きな人。	我喜歡的人。
雨が激しい時。＝雨の激しい時。	雨下很大的時候。

搞懂17個關鍵文法，日語大跳級！跟著王可樂，打通學習任督二脈

🐾 AはBが～的四種句型

接下來困難的地方來了，我們來看看困擾學習者已久的「AはB
が～」的句型吧！這個句子看似很難，但只要能掌握一個技巧，馬
上就能過關，那就是：**當B是A的部分特徵、情感、能力或所屬物
品時，請使用「AはBが～」這個句型。**

AはBが～的句型

① 可楽猫はお尻が大きいです。（B是A的部分特徵）

可樂貓的屁股很大。

② 可楽猫は私が大好きです。（B是A的情感對象）

可樂貓很喜歡我。

③ 可楽猫は人間の話がわかります。（B是A的能力）

可樂貓懂人類的話。

④ 可楽猫はたくさんのおもちゃがあります。（B是A的所有物）

可樂貓有很多玩具。

也因此我們會很常看到：

京都はラーメンがおいしいです。	京都拉麵很好吃。
京都はもみじがきれいです。	京都楓紅很漂亮。

不管是ラーメン 拉麵，還是もみじ 楓葉，說明的都是「京都」的「部分特徵」，因此使用「AはBが～」的句型①。

🐾 は是社長，が是課長

我們前面提過，は 有從頭影響到尾的重要意思在（即「大主詞」），而が 能影響、可管理的範圍只有後面緊接的一個名詞短句、動詞短句、形容詞短句（學術派講的「小主詞」）。

這又是怎麼一回事呢？來比較看看以下的句子：

① 私は18歳の時、日本に来ました。	我18歲時，（我）來到日本。
② 私が18歳の時、日本に来ました。	我18歲時，（？）來到日本。

句子①的完整句型是：私は18歳の時、（私は）日本に来ました。
這就是は 管理影響的權限從句子頭到句子尾的實際情況。而句子②的完整句型則是：私が18歳の時、（誰が？）日本に来ました。

這是因為**が的管理範圍只有後面緊接的一個名詞句**等，因此「我18歲時」，「是誰來了日本？」就不甚清楚了。

上面這個例句太簡單了，來看看比較長一點的句子吧！

大主詞＋は，小主詞＋が

春は風が涼しく、昼間が長い季節です。

春天是個**風很涼爽的**，（春天是個）**白天很長的**，（春天是個）季節。

王可楽は性格が悪く、寝ることが好きな雌猫です。

王可樂是隻**性格不好的**，（王可樂是隻）**愛睡覺的**（王可樂是隻）母貓。

🐾 在某前提、條件下才成立的句子，主詞一定用が

此外，「**と、ば、たら**」三個條件句中的主詞也一定是が，這是日文的規則，不是我規定的，舉例如下：

【條件句】主詞＋が～と、ば、たら

私が出かけると、いつも雨が降ります。

我出門的話，就老是下雨。

仕事が忙しければ、猫の手も借りたいです。

工作忙碌時，就很想（借貓的手）找人幫忙。

私がクックCEOだったら、アイフォン7の画面を5インチにします。

我若是庫克執行長的話，會把 iPhone 7 的螢幕做成 5 吋的。

 也可以用英語來理解喔！

相信很多朋友都曾聽過這個關於は／が的經典例句：むかし、むかし、ある所にお爺さんがいました。お爺さんは......從前、從前，某個地方有位老爺爺。老爺爺是⋯⋯

然後書上就解說著：「在句子中，第一次出現的主詞使用が，第二次出現的主詞使用は」。嗯⋯⋯真是不太好懂！趁此機會分享一個小要訣，就是「用英文來學日文」？！例如：Once upon a time, there lived an old man.The old man …

在上面的句子中，第一次出現的主詞使用 A／An，第二次出現的主詞使用 The，更簡單地說：

が＝A／An　　The＝は

這樣是不是更容易了解呢？再仔細想想，「お爺さんがいました。」是不是可以用「現象文」來說明呢？而「お爺さんは」是不

是也可以用「說明文」來解釋呢？

［總複習］
同一句子用は或が，強調的重點不一樣

🐾 也會有用は、用が都可以的句子

最後想跟大家談的是，可以用は，也可以用が的句子。例如，當我
們想說明「可樂貓在房間裡滾來滾去」時，

可以講：可楽猫は部屋でごろごろしています。
也可以講：可楽猫が部屋でごろごろしています。

究竟這兩個句子有什麼不同呢？其實它們的意思一樣，只是は／が
彼此強調的重點不同。

主詞使用は，句子的重點就是「說明後面的部分」，所以會是：
可楽猫は部屋でごろごろしています。

主詞使用が，句子的重點就是「限定前面的部分」，所以會是：
可楽猫が部屋でごろごろしています。

🐾 用は說明誰在做什麼，用が限定誰在做那件事

請往前複習一下「は問は答、が問が答」，疑問詞＋が的問句，必須用が回答，而は＋疑問詞的問句，則必須用は回答，這是不是跟上面的解說有異曲同工之妙呢？

可楽猫は何をしていますか。

→可楽猫は部屋でごろごろしています。

誰が部屋でごろごろしていますか。

→可楽猫が部屋でごろごろしています。

更簡單地說，當我們想表達誰在做什麼時，可以用は做說明，當我們想表達做某件事的人是誰，可以用が來做限定。

は／が的用法真的非常複雜而且混亂，但只要大家能掌握以上的規則，並對應到各種情況下，相信一定很快就能學會！

答對這 20 題，表示你已經完全理解は跟が的用法！

1 ▶ 私 (　　) 王です。台湾から来ました。趣味 (　　) 映画を見ることです。

2 ▶ 私 (　　) 王可楽ではありません。その猫 (　　) 王可楽です。

3 ▶ A：誰 (　　) 王さんですか。
　　B：その人 (　　) 王さんです。

4 ▶ 電車 (　　) 来ましたよ。あの電車 (　　) どこへ行きますか。

5 ▶ A：ここから、ピンク色の花 (　　) 見えますね。あの花 (　　) 何ですか。
　　B：あれ (　　) 紫陽花です。

6 ▶ 私は胃 (　　) 弱いから、生もの (　　) 食べません。

7 ▶ 私は刺身 (　　) 好きですが、すし (　　) 嫌いです。

8 ▶ 雷 (　　) 落ちた時、どこ (　　) いちばん安全ですか。

9 ▶ この図書館 (　　) 設備 (　　) いいです。

10 ▶ この図書館は設備 (　　) いいですが、サービス (　　) よくないです。

11 ▶ チャイム (　　) 鳴っていますよ。誰 (　　) 来たのでしょうか。

12 ▶ A：沖縄の天気 (　　　) どうですか。
B：暑いですよ。雨 (　　　) 降らなければ。

13 ▶ この間、私 (　　　) 山田さんに会ったこと (　　　) 誰にも言わないでくださいね。

14 ▶ A：王さんはフランス語 (　　　) できるそうですね。
B：いや、読むこと (　　　) できますが、話すこと (　　　) できません。

15 ▶ 五月天 (　　　) 今日家に来ること (　　　) 本当ですか。

16 ▶ 私 (　　　) 朝、時間 (　　　) ない時、牛乳だけ飲んで出かけます。

17 ▶ ほら、からす (　　　) 水を飲んでいます。
日本のからす (　　　) 本当に大きいですね。

18 ▶ A：天気 (　　　) よければ、新店から台北101 (　　　) 見えますか。
B：いいえ、新店から台北101 (　　　) 見えません。

19 ▶ 私 (　　　) 陳さん (　　　) 来てから、一緒にご飯を食べます。

20 ▶ 部屋から一人の男 (　　　) 出ました。その男 (　　　) 田中さんです。

線上解題大放送（前篇）
https://youtu.be/_qIfMJ5vb6U

搞懂17個關鍵文法，日語大跳級！跟著王可樂，打通學習任督二脈

＊＊有趣的日文豆知識＊＊

猫の手も借りたい（想借貓手？）

日本人是很愛貓的民族，甚至在1987年時，將2月22日定為「貓日」，意思是感謝跟貓一起過幸福生活的節日。

日文2「に」的發音很像「にゃあ」貓叫聲，所以定在2月22日。聽說美國的貓日是10月29日，俄羅斯的是3月1日，另外還有個世界愛貓日，則是8月8日。

日本人有多愛貓呢？從諺語「猫の手も借りたい（ねこのてもかりたい）」可見一斑。這句諺語的實際意思是，「非常忙，忙到連貓的手都想借來用」，也就是「忙到不可開交」的意思。

不過，奉勸各位千萬別想借貓的手，否則你一定會後悔，沒騙你，我是過來人～

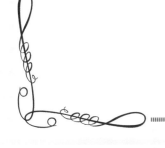

珍藏本！
開通你的日語腦

聽說斗六文旦山腳下有一個很風趣的日文老蘇。

來泡茶！

來看我家的貓！

他偷偷藏了一本超厲害的祕笈

那個都是我寫的！

門外不出

心電交流，無聲勝有聲！

沒學過50音，在雲端教室跟他學，才一年多就考過日檢1級耶！

連他家裡的寵物三貓講日語嘛吔通溜！

可惡！誰規定的貓不能參加日文檢定！

一點都不普通的「普通體」

 敬體「～ます」「～です」的使用對象

我常講日文是個「看人說人話，見鬼說鬼話」的語言，這是因為它在使用時，必須注意上下的關係，根據對方輩分的不同，我們的用字就會不同，比方說～ます、～です，通常對長輩、較生疏或是第一次見面的朋友使用，這主要是為了表示禮貌，讓他們聽了舒服，也因此我們將～ます、～です稱為「敬體」。

但如果對好朋友或晚輩使用～ます、～です的話，就會怪怪的。為什麼呢？請大家想一下，可樂是我養的貓，換句話說，我是她爹，她的學費、餐費、貓沙費都是我付的，我卻要表示禮貌，對她使用敬體，這樣不奇怪嗎？又或者，如果對著日本人的朋友一直使用～ます、～です的話，對方肯定覺得我沒把他當朋友看，這是因為「敬體」在口說中是客氣的講法，對日本朋友使用的話，對方會覺

得你不容易親近。即使你覺得你跟日本朋友很要好，但因為使用敬體的關係，日本朋友會認為你跟他之間隔著一道「壁（かべ）」。所以對晚輩或者認識的好朋友使用～ます、～です的敬體用法，都不正確。一般而言，**敬體只用於正式場合、對長輩及「書信文」中**。

 普通體る、ない、た、なかった的使用對象

對晚輩和熟識的平輩不能使用～ます、～です的話，應該用什麼說法面對家裡的阿貓阿狗或是日本好朋友呢？

相信各位都發現到了，日劇中日本人的對話裡很少出現～ます、～です，反而常常聽到**～る（原型）、～ない、～た、なかった的動詞變化用法**，這叫作**「普通體」**。有些日文學習書將它稱為「簡體」或「常體」，不管怎麼稱呼它，總之「普通體」並不普通，由於它是動詞基本變化的綜合體，如果要活用它，必須熟練動詞變化，而且除了「動詞」外，「い形容詞」「な形容詞」及「名詞」都有各自的「普通體」變法，換句話說，我們必須精通日文各種動詞的變化，還要學習「い形容詞」「な形容詞」及「名詞」各自的普通體變法，才算學會普通體，另外，**普通體通常用於對「家人」「朋友」「晚輩」及「文章報紙」中**。

「普通體」的句子跟「敬體」在表達上有些不同，稍後會說明，在這之前，我們先來看一下動詞在普通體中的各種變法吧！

🐾 動詞的普通體：る（原型）、ない、た、なかった

普通體的動詞變化				
動詞		敬體	普通體	
現在·未來	肯定	書きます 寝ます	書く 寝る	原型
	否定	書きません 寝ません	書かない 寝ない	ない型
過去	肯定	書きました 寝ました	書いた 寝た	た型
	否定	書きませんでした 寝ませんでした	書かなかった 寝なかった	なかった型

動詞		敬體	普通體	
現在·未來	肯定	あります	ある	原型
	否定	ありません	ない	ない型
過去	肯定	ありました	あった	た型
	否定	ありませんでした	なかった	なかった型

從以上的表格可以知道：動詞普通體的

① 現在未來肯定 ➡ 原型／字典型

② 現在未來否定 ➡ ない型／否定型

③ 過去肯定 ➡ た型／過去型

④ 過去否定 ➡ なかった型

原型、ない型、た型、なかった型，這四個型態的變化就是動詞的普通體。

🐾 い形容詞的普通體：去掉です

相較於動詞的普通體變法複雜，「い形容詞」的普通體變法就簡單多了，現在就來看一下「い形容詞」的各種時態變法吧！

い形容詞的普通體變化

い形		敬體	普通體	
現在 ・ 未來	肯定	おいしいです いいです*	おいしい いい	原型
	否定	おいしくないです よくないです	おいしくない よくない	ない型
過去	肯定	おいしかったです よかったです	おいしかった よかった	た型
	否定	おいしくなかったです よくなかったです	おいしくなかった よくなかった	なかった型

搞懂17個關鍵文法，日語大跳級！跟著王可樂，打通學習任督二脈

從上面的表格可以了解，不管是哪種時態，「い形容詞」的敬體轉成普通體時，只要把句尾的「です」去掉就可以了，既簡單又方便，比泡泡麵還容易。

「い形容詞」普通體變化分析：

① 現在未來肯定➡➡ 去掉句尾「です」，おいしいです變成おいしい
② 現在未來否定➡➡ 去掉句尾「です」，おいしくないです變成おいしくない
③ 過去肯定➡➡ 去掉句尾「です」，おいしかったです變成おいしかった
④ 過去否定➡➡ 去掉句尾「です」，おいしくなかったです變成おいしくなかった

＊在現在未來肯定句中，使用いいです做變化，但在其他時態中，使用よいです做變化。

🐾 な形容詞的普通體：
　　四態變化だ、ない、だった、ではなかった

接下來要介紹的「な形容詞」，比起「い形容詞」又變複雜了。

な形容詞的普通體變化

な形		敬體	普通體	
現在 ・ 未來	肯定	靜かです 有名です	靜かだ 有名だ	原型
	否定	靜かではありません 有名ではありません	靜かではない 有名ではない	ない型
過去	肯定	靜かでした 有名でした	靜かだった 有名だった	た型
	否定	靜かではありませんでした 有名ではありませんでした	靜かではなかった 有名ではなかった	なかった型

「な形容詞」普通體變化分析：

現在未來肯定━▶ 句尾です改成だ

現在未來否定━▶ 句尾的ではありません改成ではない

過去肯定━▶ 句尾的でした改成だった

過去否定━▶ 句尾的ではありませんでした更改成ではなかった

～だ、～ない、～だった、～ではなかった這四個型態的變化就是
「な形容詞」的普通體。由於「な形容詞」「現在未來肯定」的
「～だ」跟「過去肯定」的「～だった」在一般變化中較少提及，
不熟悉的人，建議多多練習，勤能補拙，多做幾次就會記住。

🐾 名詞的普通體：變化法跟な形容詞一樣

最後，來看一下「名詞」的普通體變法吧！

名詞的普通體變化

名詞		敬體	普通體	
現在·未來	肯定	日曜日です 30歲です	日曜日だ 30歲だ	原型
	否定	日曜日ではありません 30歲ではありません	日曜日ではない 30歲ではない	ない型
過去	肯定	日曜日でした 30歲でした	日曜日だった 30歲だった	た型
	否定	日曜日ではありませんでした 30歲ではありませんでした	日曜日ではなかった 30歲ではなかった	なかった型

名詞的普通體變法跟「な形容詞」一模一樣，因此只要熟悉「な
形容詞」的部分，就算是學會了。換句話說名詞的普通體也是
由～だ、～ない、～だった、～ではなかった這四個型態所組成
的。

 普通體的句型特徵

前面我們有提到「普通體」的句子跟「敬體」在表達上有些不同，
在學習了普通體之後，現在來看一下普通體句子的特徵吧！

🐾 ❶ 經常省略は、が、を、へ等助詞

陳さんはコーヒーを飲みますか。 ➡ 陳さんコーヒー飲む？

陳先生喝咖啡嗎？

先週台北へ行きましたか。 ➡ 先週台北行った？

上週去了台北嗎？

あなたのことが好きです。 ➡ あなたのこと好きだ*。

我喜歡你。

*「～です」的普通體「だ」在口語中會被省略掉。

🐾 ❷ 普通體的問句標示、唸法比較特別

普通體在書寫表示時，疑問句使用「？」不使用「。」另外在口語中使用普通體做問句時，句尾須上揚。如：

行きますか。 ⟶ 行く？↗

去嗎？

食べますか。 ⟶ 食べる？↗

吃嗎？

🐾 ❸ 名詞／な形容詞的現在未來肯定疑問句，須去掉句尾的だ；過去肯定疑問句則是句尾維持だった不變

A：明日は雨ですか。 ⟶ 明日雨？↗　　明天會下雨嗎？

B：はい、雨ですよ。 ⟶ うん、雨だよ*。　嗯，會下雨喔。

A：昨日は雨でしたか。 ⟶ 昨日雨だった？↗　昨天下雨了吧？

B：はい、雨でした。 ⟶ うん、雨だった。　嗯，昨天下雨了。

A：お元気ですか。➡➡ 元気？↗　　　身體好嗎？

B：はい、元気です。➡➡ うん、元気。　　嗯，很健康。

A：野菜が好きですか。➡➡ 野菜好き？↗　喜歡蔬菜嗎？

B：いいえ、好きではありません。嫌いです。　嗯嗯，不喜歡，
➡➡ ううん、好きじゃない、嫌い。　而且討厭。

*「～ですよ」在口說中不會省略「だ」，也就是說當～です加上「よ」要做
　告知時，「だ」不省略，形成「～だよ」。

🐾 ❹在普通體的口語句型中，作為補助動詞的「います」，
　　常會省略「い」

愛しています。➡➡ 愛してる。

我愛你。

田中さんのことを知っていますか。➡➡ 田中さんのこと知ってる？↗

你認識田中嗎？

まだ結婚していません。➡➡ まだ結婚してない。

我還沒結婚。

到這邊為止，相信大家也覺得「普通體」一點都不「普通」，而且非常複雜吧！儘管「普通體」真的很難，但一定要學會。因為日文從初級後半課程開始，就會出現很多使用普通體連接的文法，而且，**想說上一口道地的日語，非熟悉普通體不可。**

建議大家先熟悉各別詞類的普通體變法，不要用背的，務必反覆練習，只要練習的量夠多，大腦自然就能即時轉換用法，之後再模仿日本人的對話，長期下來，絕對能說上一口道地的日語。

＊＊有趣的日文豆知識＊＊

「々」跳舞字

許多學習者都曾看過「々」這個符號，在日文中它叫「踊り字（お
どりじ）」。「踊り」除了有跳舞意思，也表示重複，所以踊り字
說的就是前面已出現過的漢字，正是中文說的「重複符號」。在書
寫筆畫多的重複字時，簡單用符號「々」表示相當方便，例如：我
我＝我々／清清しい＝清々しい。

不過，在電腦上「々」要怎樣才能打出來呢？其實很簡單，切換到
日文輸入法之後，輸入「おなじ」或「どう」，再按空白鍵就會
出現了。另外，除了「々」外，常見的踊り字還有「ゝ」「ゞ」
「ヽ」「ヾ」「〃」，這些字已經不再被使用了，但在舊制的書籍
裡仍會看到，它們分別代表的意思如下：

ゝ ➡ 平假名重複符號　　ゞ ➡ 平假名重複符號（〝為濁音用字）

ヽ ➡ 片假名重複符號　　ヾ ➡ 片假名重複符號（〝為濁音用字）

〃 ➡ 常用於表格中，表示跟前行內容相同的符號

Sense 3
想拉「拉不出來」的他動詞，與「挫屎」的自動詞

 他動詞像便秘，自動詞像下痢

在說明自、他動詞之前，想跟大家分享小時候發生過的一件糗事，因為實在很丟臉，所以大家「馬耳東風（ばじとうふう）」聽過就好，千萬不要記得，也不要笑我。

我在小學時，因為不喜歡吃蔬菜，所以便秘得很厲害，常常肚子裝著一星期的「糞」，鼓鼓的，敲起來還有聲音，非常不舒服，坐在馬桶上想拉出來，但怎麼努力就是不行，像極了我的數學成績。有一次學校有個賽跑比賽，我是「最後一棒（アンカー）」，當棒子轉交到我手中時，我很努力地開始跑起來，但就在一瞬間，我放了個屁，然後覺得肚子下面不太對勁，因為那東西的頭好像跟著屁跑出來了（？），明明我沒有出力的說……總之在全班同學面前，而且心儀的女同學也在，這真是「最惡（さいあく）」的經驗了。

其實這個故事是騙你們的啦，只是為了讓大家更清楚自、他動詞的概念（我犧牲很大啊！）以這個出糗例子來說，想「把」那東西拉出來的動作就叫「**他動詞**」，指的是「**在人為意志下進行某動作**」，而跑步時那東西的頭自然地掉了出來，這就叫作「**自動詞**」，指的是在「**非人為意志下，自己進行的動作**」，也就是說，「我沒有刻意要排屎，但屎自己排出來」。

由於他動詞是人為意志下進行的動作，所以句子中一定會出現動作者：「人物＋把／將／讓＋物品／人物＋動作，例如：「我＋把／將／讓＋屎＋拉出來」。而自動詞是非人為意志下進行的自然性動作，因此句子中通常會以「物品／人物＋動作」的方式呈現，例如：「屎＋挫出來了」。下面再跟大家分享一些簡單的例句：

他動詞：「人物は／が＋把／將／讓＋物品／人物を＋～ます」

孫悟空は／がピッコロ大魔王を殺しました。

孫悟空把比克大魔王殺死了。

台湾中油は／がガソリンの値段を上げました。

台灣中油把石油的價格調漲了。

神様は／が雨を降らせました。	神讓雨下了起來。
オバマは／がイスラム国を攻撃します。	歐巴馬把伊斯蘭國攻擊。
アップルは／がアイフォンを作りました。	蘋果將 iPhone 生產出來。

自動詞：「物品・人物・事件は／が＋〜ます」

ピッコロ大魔王は／が死にました。	比克大魔王死掉了。
ガソリンの値段は／が上がりました。	石油的價格上漲了。
雨は／が降りました。	雨下起來了。
地震は／が起きました。	地震發生了。
地球は／が爆発しました。	地球爆炸了。

自、他動詞彼此相對應的詞組很多，建議大家先從練習開始學習，
不要拚命背，死記是沒有太大效果的，只要練習到一定的程度，自
然而然地就能使用出適當的自、他動詞。

 什麼時候要使用自動詞，
什麼時候又應該用他動詞？

關於自、他動詞的用法，大多數人最困惑的就是：什麼時候該用自

動詞，什麼時候又該用他動詞？

其實很簡單，就看你怎麼看待動作。在你的觀點中，如果覺得**該動作是「某人刻意造成的」，請使用「他動詞」，如果該動作並「非某人造成的」**（也就是你對該動作的觀點，並不存在著人為造成的想法），**請使用「自動詞」**。就以開電視這個動作來說明：

他動詞 → テレビをつけました。

電視不可能自己開，一定是「**有人把電視打開**」，將觀點放在「某人」把電視打開，強調的是「是誰？是爸爸？還是媽媽？又或者是可樂貓？」，為什麼要把電視打開呢？好浪費電，而且電視好吵。

自動詞 → テレビがつきました。

「電視怎麼會**開著**」，將觀點放在「電視開了」，「完全沒有是某人把電視打開」的觀點在，也就是「電視開著」，很浪費電，而且電視很吵。

🐾 一個動作，一個結果，兩種表「態」法

話說自、他動詞最難的地方在於「態」，也就是「動作結束後，留下的結果」的用法，這是什麼意思呢？

比方說我家可樂貓向我要飼料，可是我正在打怪，沒空理她，她為了不讓我用電腦，就用她的大屁股，往我的SONY筆電坐上去，結果パッ 啪 一聲，螢幕的玻璃面板裂開壞掉了……因為我養了三隻吃貨，錢都拿去買貓食，沒錢修電腦，所以螢幕就一直壞著（哭哭）。還好，我還有另一台ASUS可以用，馬上接上電源開機，結果等了十分鐘，螢幕還是黑黑的，送去「黃色鬼屋」檢查，竟然說是電腦太久沒用，主機板老化壞掉了。問題是，我還是沒錢修，所以電腦還是壞在那邊……（再哭哭）。

像以上這種情況：「可樂貓」「把」「我的SONY電腦」「用壞了」，就是一個**他動詞的句型**。SONY電腦在可樂貓故意坐壞後沒修理，一直讓它壞在那邊，就會產生「故障著」的狀態，由於這是人為造成的，所以要使用他動詞的狀態句型來呈現：「～が他動詞てあります。」

再來，ASUS的電腦自己故障了，只要沒被修好，也會產生結果＝「故障著」的狀態，但由於這是自然發生的故障，所以使用**自動詞的狀態句型**來表達：「～が自動詞ています。」
我們用以下的句子來練習一下，相信大家一定更能了解。

😼 他動詞的態：
某人為了某目的，刻意進行某動作而造成的人為狀態

> ### ～が他動詞てあります。

可樂猫はモニターを壊しました。（把～用壞，人為刻意動作）

可樂貓把螢幕用壞了。

➡ モニターが壊してあります。（～壞著，人為造成的狀態）

螢幕壞著。

子供は服を汚しました。（把～用髒，人為刻意動作）

孩子把衣服弄髒了。

➡ 服が汚してあります。（～髒著，人為造成的狀態）

衣服髒著。

母は団子スープを冷やしました。（把～用冷，人為刻意動作）

媽媽把團子湯用冷了。

➡ 団子スープが冷やしてあります。（～冷著，人為造成的狀態）

團子湯冷著。

くそガキはコンビニの商品を散らかしました。(把～弄亂，人為刻意動作)

壞小孩把超商的商品弄亂了。

➡️ コンビニの商品が散らかしてあります。（～散亂著，人為造成的狀態）

超商的商品散亂著。

トニー・スタークはアイアンマンを屋上に止めました。

（把～停在，人為刻意動作）

東尼・史塔克把鋼鐵人停在屋頂上。

➡️ アイアンマンが屋上に止めてあります。（～停著，人為造成的狀態）

鋼鐵人在屋頂上停著。

要注意的是，出現在上述句型中的壞します、汚します、散らかします等帶有惡意性質的動詞，是某人為了造成某人的困擾，而故意把某東西用壞、弄髒、使其散亂著，負面的意思強烈，並不常用。

🐾 自動詞的態：非人為或因自然性動作而產生的自然狀態

> ～が自動詞ています。

パソコンが壊れました。（～壞掉了，自然動作）

電腦壞掉了。

➡️ パソコンが壊れています。（～壞著，自然狀態）

螢幕壞著。

服が汚れました。（〜髒掉了，自然動作）

衣服髒掉了。

━━━━━━━━━━━━━━━━━━━━━━━━━━━━━━━━━━━━━

➡➤ 服が汚れています。（〜髒著，自然產生的狀態）

衣服髒著。

団子スープが冷えました。（〜冷掉了，自然動作）

團子湯冷掉了。

━━━━━━━━━━━━━━━━━━━━━━━━━━━━━━━━━━━━━

➡➤ 団子スープが冷えています。（〜冷著，自然產生的狀態）

團子湯冷著。

桜が散りました。（〜凋謝了，自然動作）

櫻花凋謝了。

━━━━━━━━━━━━━━━━━━━━━━━━━━━━━━━━━━━━━

➡➤ 桜が散っています。（〜謝掉著，自然產生的狀態）

櫻花謝掉著。

ピッコロ大魔王が死にました。（〜死掉了，自然動作）

比克大魔王死掉了。

➡➤ ピッコロ大魔王が死んでいます。（〜死著，自然產生的狀態）

比克大魔王死著。

[總複習] 搞懂自、他動詞時態，
日語實力大躍升

回到前面提到的，自、他動詞最「厄介（やっかい）_{難對付}」的部分，就是什麼時候是該使用他動詞的態，什麼時候又是該使用自動詞的態呢？

有一次幾個學生來我家找我，到達門口時一個學生就用自動詞時態的句子詢問：「先生、どうしてドアが開いていますか。（老師，門怎麼開著呢？現在治安這麼不好，不怕有小偷嗎？）」我回答說：「因為家裡貓會出去外面『ぶらぶら_{遊蕩}』，為了方便他們自由進出，才把門開著（ドアが開けてあります。）」如同以上這種情況，學生沒意識到門是某人刻意打開的，他們只注意到門沒有關好，所以使用非人為動作產生的自然狀態「～が自動詞ています。」的句型來表達。

而我家裡大門會開著的原因在於，為了讓貓能自由進出家門，家裡有人會刻意把門打開沒關，此時使用人為動作產生的人為狀態「～が他動詞てあります。」的句型來說明。

又或者，有一次當我要外出時，發現門口停著一部車子（車が止まっています。）擋住門口，這時我很生氣，我阿爸聽到我的「怒」

也跑到門口，他說：「門口真的停著一台車子（車が止めてあります。），肯定是附近鄰居為了自己方便而亂停的，馬上打給拖吊車叫他們來拖吊。」由於我只看到車子停在家門口，沒有意識到是有人亂停，所以使用非人為動作產生的自然狀態「～が自動詞ています。」的句型來說明。

而我阿爸一看到門口的車子就知道，這是附近的鄰居為了方便，才會將車子亂停在我家門口，此時使用人為動作所造成的人為狀態「～が他動詞てあります。」的句型來說明。

自、他動詞的時態雖然是初級的用法，但若能將它活用於自己的生活周遭，日本人肯定會用「本音（ほんね）」說「日本語がお上手ですね。」，雖然它們並不容易理解，但大家只要在學完本章節後，多看一些例句，多思考，相信很快就會なるほど，恍然大悟的。

＊＊有趣的日文豆知識＊＊

「畑」或「田圃」都是稻田

我曾經跟著學校去越南做考古調查，湄公河三角洲一帶都是綠油油的稻田，越南不愧是全世界第二大米輸出國。稻田其實有分水田和旱田，而越南的稻田多半是水田。在日文中也有這樣的區分法：

畑  不放入水的耕地，以種植蔬菜或穀物為主，也就是旱田。

田圃 ➡ 會放水的耕地，也就是我們一般講的水田。

如果是單純說到「田地」時，可以講「畑（はたけ）」，也可以講「田圃（たんぼ）」。有學生問過，要怎麼區分「畑」跟「田圃」呢？方法很簡單：只要記得「畑」是由「火」＋「田」所組成的，也就是說，「畑」是不放入水的田，這樣就可以了。

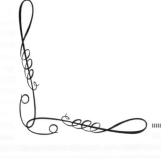

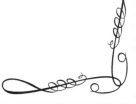

三貓劇場

Sense 4

自、他動詞的「超級變變變」

自、他動詞的男變女，女變男戲法

大家還記得嗎？！曾經風靡大街小巷的日本電視節目〈欽ちゃん＆香取慎吾の全日本仮装大賞〉，台灣的電視台將它翻譯成〈超級變變變〉，內容是挑戰變裝比賽。這節目非常酷，參賽的人大家都會使出渾身解數，變身成各種主題，而且每一組參賽者的妙點子都讓人驚豔不已，所以不只在日本，連在台灣都非常風靡，創下超高收視率。

這節目連我家那三隻貓也超級愛看，記得每次到了播映時間，早在開播前三十分鐘，三隻貓就屁股坐定，占據了視野最佳的沙發位置，而且很誇張的是，每隻都看得目不轉睛，他們嘴巴張得大大的，口水流得滿沙發都是，濕濕黏黏的很噁心。

說到變，日本人真的很會「變」！連文法也一直在變變變，例如動詞變化，就像變形金剛一樣，變來變去的，令人眼花撩亂。不過，日文的動詞除了「動詞變化」外，還有一個很酷的「他動詞」變「自動詞」，「自動詞」變「他動詞」，這種男變女，女變男的變法。

自、他動詞的詞組變化

成雙成對的詞組

請記住！日文中有某些動詞是成雙成對的，也就是有自動詞，也有他動詞的詞組，例如：

（電気が）つきます／（電気を）つけます。　　開燈

（ドアが）閉まります／（ドアを）閉めます。　關門

單一男光棍組

而某些動詞則是男光棍，並沒有相對應的自動詞詞組，例如：読みます、食べます等。它們固定的句型為：「～は／が　　をＶます」

（編注：Ｖ表示動詞）

搞懂17個關鍵文法，日語大跳級！跟著王可樂，打通學習任督二脈

某些動詞則又是女光棍，一樣沒有相對應的他動詞詞組，例如：寢ます、行きます等，它們固定的句型為：「～は／が　Ｖます」

不成雙的也可以配對成功，幫自、他動詞找另一半

不過，動詞光棍也有配成對的時候。現在就為大家介紹，動詞光棍找到對的另一半的使用法，不用花一塊錢，也不用擔心被婚友社騙，只要翻翻書，練習一下，保證有用。

🐾 女光棍找男伴：自動詞變他動詞

首先就從女「自動詞」找男伴的「他動詞」開始講起吧！我們都知道降ります（ふります）是個自動詞，它的詞組一定是「雨は／が降ります」如果要表達「他動詞」的句型，例如，觀世音菩薩看台灣缺水，就大慈大悲，「讓雨下下來了」時，應該怎麼說呢？這時候要使用「讓～」的「使役動詞」，也就是用「降らせます」來表示就沒錯。

➡ 観音様は雨を降らせました。

上過我的課或是 FB 上的粉絲們，不知道大家有沒有印象，我曾提過「使役動詞」（參見 Sense15）的句型中，有兩種句型：

Aは　Bに　他動詞させます

Aは　Bを　自動詞させます

其中 B 的部分，會根據後面的自、他動詞詞性不同，需要區分助詞是「に」或「を」。為了方便大家記住，有一個簡單的口訣是，「句子中沒を就放を，有を就放に」（參見 195 頁），例如：

王さんは**子供を**日本へ行かせます。	王先生讓孩子去日本。
私は**猫を**寝させます。	我讓貓睡覺。

大家一定會有疑問；為什麼「子供／貓」的部分會使用を呢？「行きます／寝ます」明明就是自動詞？其實**自動詞在變成使役動詞的させます型之後，就已經變成他動詞了**，既然是他動詞，所以需使用助詞を。這裡的を，我們可以將它**翻譯為「把、將、讓」**等，需依據中文的說法，適當地調整翻譯。

🐾 男光棍找女伴：他動詞變自動詞

接下來要幫男光棍找女伴，也就是他動詞變自動詞。以他動詞的「ビルを建てます」為例，它的組詞一定是：「人は／が　ビルを

建てます。」那麼要如何讓它變成自動詞呢？這時候可以再翻一下書，把「受身動詞（Ｖられます）」（參見Sense14）複習一下。

這是因為「他動詞」的「自動詞化」跟「受身型」的「建てられます」有非常大的關係。還記得嗎？！在學習受身動詞的句型時，有提到「非生物主詞句」，它的主詞通常不會是人或動物，而是某物品，其句型如下：

Aは／が Ｖられます

其中A<u>Aは</u>用於說明A的情況，<u>Aが</u>用於指出、限定A。現在就針對「AがＶられます」的句型來說明。

大家應該都學過，「人はビルを建てます。」如果把主詞「人は」的部分去掉，只留下「ビルを建てます。」的話，就成了奇怪的句子。因為句子裡沒有主詞，沒有清楚交代是誰建了大樓。但如果將句子改成「ビルが建てられます。」的話，就沒有問題了。

┌─────────────────────────┐
│ 人はビルを建てます。去掉主詞 │
└─────────────────────────┘

☒ ビルを建てます。　　　　　◖ ビルが建てられます。

各位在學習他動詞跟自動詞時，都學過他動詞的助詞使用を，自動

詞則使用が。來看看這兩個例子：

可楽猫は家で仮装舞踏会を開きます。➡➤ 仮装舞踏会が開かれます。
化粧舞會要被舉行。

- -

黒皮犬は結婚式を行います。➡➤ 結婚式が行われます。
婚禮被舉行。

這樣的話「～が開かれます。／～が行われます。」是不是都變成了
自動詞了呢？換句話說，**將自動詞變成Ｖさせる型時，它就變成了他**
動詞，而將他動詞變成Ｖられる型時，詞性也變成自動詞了。

 ## 「い形容詞」的「自／他動詞」變法

再來，介紹更酷的，那就是「い形容詞」變成「自動詞／他動詞」
的變法。當我們把「い形容詞」後面的「い」去掉，加上「めま
す」時，會變成他動詞（第二類動詞），如果是加上「まります」
時，會變成自動詞（第一類動詞）。

┌─────────────┐
│ 以「強い」為例 │
└─────────────┘

強い ➡➤ ～を強めます。／～が強まります。
火が強いです。➡➤ 母は火を強めます。／火が強まります。

高い ➡ 〜を高めます。／〜が高まります。

可楽猫は気持ちを高めて、サッカー選手にエールを送ります。／サッカーの試合を見て、可楽猫は気持ちが高まりました。。

薄い ➡ 〜を薄めます。／〜が薄まります。

バーテンはカクテルの濃度を薄めました。／カクテルの濃度が薄まりました。

儘管「い形容詞」去掉後面的「い」，加上「めます／まります」之後會變成「他動詞／自動詞」，但也不是每一個「い形容詞」都可以這樣用，通常這種用法只適用於「強い、弱い、高い、低い、固い、薄い」等「い形容詞」，因此在學習時，需特別注意。

不管是從日本人的文藝表演來看，還是從日本人的語言文字來判斷，他們真的是很喜歡變的民族，愛變也很會變，而且創意無限。如果能將日本人的「變變變」，視為是種異文化，並能理解和認知的話，在學習日文時，心態一定會比較輕鬆的，大家覺得呢？

男變女，人變貓

王可樂的日語教室
超級變變變擂台

第一組參賽者：
男變女，女變男，猜猜我是誰？

第二組參賽者：
王可樂是貓，王可樂是老師，
到底誰才是老師？

真的太精采了！

兩組的表演

到底誰是誰？
搞不清楚啊！

哈哈哈！

Sense 5

「王さんは人間らしい」
之王仔到底是不是人？

雞排妹跟志玲姊姊的差別
其實不難區分啊！

教了多年日文，在初級課程中，除了助詞的用法跟動詞的變化外，最常被問到的文法問題，應該就是らしい、そう、よう跟みたい。根據可樂貓不負責任統計，來自亞洲的讀者，詢問らしい跟よう差異性的信件，一年就高達54萬件，而詢問よう跟みたい的差異性，一年也有48萬件左右，真的嚇死人。

無論如何，らしい、そう、よう跟みたい的區分使用，真的不容易，而且大多數的教科書都只擇一教授，也就是說，有教「そう」的教科書，就跳過「らしい」；有教「らしい」的教科書，就跳過「よう」。也因此，當らしい、そう、よう、みたい放一起時，就像雞排妹跟志玲姊姊一起擺在眼前一樣，實在很難選擇……

在經過多方思考之後，我決定開個主題，跟大家談談「らしい、そう、よう、みたい」，不過這幾個東西的複雜度可比拆炸彈，必須小心翼翼地說明才行，因為一旦理解錯誤，可是會「boom」一聲，一切都會被炸飛。總之我們先用對照的方式將它們各別拆開解說，之後再用表格綜合說明。

 拉麵在眼前、看到人群排隊吃拉麵，「好像」很好吃

先來談談「好像」的そう跟よう這兩個文法吧！在初級文法中它們經常被混著使用，其實它們並不一樣。那究竟該如何區分呢？很簡單，打開電視看日本的美食節目就好。

なぁ〜に〜？你是在裝孝維吧？不不不，真的沒騙大家，看日本美食節目，不但可以讓肚子變得更餓，也可以理解そう／よう的不同喔！不信，現在就打開電視來看看——畫面中剛好出現一位漂亮的女優，正要準備吃剛被送來的熱騰騰拉麵，當她用筷子把麵條挾起來，兩眼發直地盯著麵條的同時，大聲講了一句「おいしそう！」

🐾 「好像」→ そうです／ようです的用法和差異

此時，～そう的**依據是來自於某東西的外觀或樣子，加以推測的「好像」**，也就是，女優親眼看到冒著熱煙的拉麵的麵條時，覺得「好像」很好吃的樣子。相較之下，如果美食節目介紹著，某家拉麵店門前總是排滿了人，這時我們會講那家店的拉麵「おいしいようです。」，這是因為ようです是**從某種情況加以推測而來的「好像」**，我們並沒有親眼看到拉麵、聞到其香味，所以只能從排隊排很長的情況來推測好像很好吃。再來導入兩個例句看看。

擺在眼前的推測

① シロは元気そうです。

住在我家附近的シロ 小白前陣子生病了，由於有點嚴重，所以一直沒來找我家的狗「黑皮」玩。但シロ看過獸醫也吃了藥之後，現在又是一尾活龍，天天跑來找我家黑皮練習吹狗螺，**我看著牠**アウ～～、アウ～～地吹，我只能講：「**シロは元気そうです。**」

根據某跡象的推測

② クロは元気なようです。

我有一個住在大阪的朋友，他養了一隻狗叫クロ 小黑，由於牠也生病了，所以好幾天都不吃不喝，經過醫生治療之後，已經恢復健康

了。我朋友寫信跟我講：「クロ病好了，現在又能吹狗螺了」時，我讀到信會說：「クロは元気なようです。」

也因此，如果你問我「そうです」跟「ようです」的「好像」程度哪個比較高時，由於**「そうです」是擺在眼前加以推測的「好像」，是眼睛能看到的**，而**「ようです」則是從某跡象加以推測的「好像」**。就像前面的例句，無法親眼目睹排隊的店家賣的拉麵外觀或樣子，又或者無法親眼確認住在大阪的クロ是不是真的恢復健康能吹狗螺了，所以要使用ようです。而在這種情況下，**ようです的「好像」程度當然就沒那麼高囉！**

 可樂貓買了很多啤酒、
還一直打嗝，「好像」很會喝酒

看完以上說明，大家應該都有一點頭緒了吧？接下來我們再來看看口語中的「好像」「～みたいです」，並讓它跟「～らしいです」的「好像」做比較吧！

🐾 「好像」→ ようです／みたいです／らしいです的用法和差異

上面提到~ようです的「好像」程度比較低，它是非親眼目睹物品外觀的「好像」，因此常用於眼睛看到，或耳朵聽到的某種情報後，再加以推測的「好像」。**它的用法比較正式**，在口說會話中，通常會用~みたいです來替換。例如，我看到可樂貓買了很多啤酒，我會猜：

眼睛看到的推測

可楽猫はビールが好きみたいです。（＝好きなようです）

可樂貓好像很喜歡啤酒。

又或者聽說十字路口停了一輛警車，而且有很多人聚集在那裡時，我會認為：

耳朵聽到的推測

事故があったみたいです。（＝あったようです）

好像有事故。

好像也可以用「～らしい」來表達，它指的也是透過眼睛或耳朵得

到的情報，再加以推測後的「好像～」，此時～ようです跟～らし
い的用法幾乎相同，因此，上面的兩個例句也可以講成：

可楽猫はビールが好きらしい。／事故があったらしい。

其唯一不同點在於，**～ようです還可以用來表達自己單純直覺的推
測**，也就是說，不管有沒有看到或聽到某事情，只要是單純的猜想
或推測，都可以使用～ようです來表達「好像～」，這比較不負責
任。而**～らしいです則不能用來表達自己直覺的推測**，它一定要看
到或聽到某情報再加以推測後，才能有「好像～」的用法。所以，
在沒有任何的情報下，以下的句子只有よう能成立。

沒有任何情報的推測（隨便亂猜）

王可楽は友達がいない　（◯ よう／✗ らしい）です。

王可樂好像沒有朋友。

あの人は成金　（◯ のよう／✗ らしい）です。

那個人好像暴發戶。

但如果把它加上某種情報，再加以判斷後，～ようです跟～らしい
です就能通用了。

いつも一人で、部屋で遊ぶのを見ると、王可楽は友達がいない

（ ✓ よう／ ✓ らしい ）です。

總是看到他一個人在房間玩，王可樂好像沒有朋友。

貧乏な彼は急に家も買ったし、車も買ったし、成金になった

（ ✓ よう／ ✓ らしい ）です。

口袋空空的他突然買了房子，也買了車，好像變成暴發戶了。

～ようです／～みたいです跟～らしいです除了在直覺推測的用法上不同外，幾乎可以相互替換，不過這**只限於眼睛跟耳朵的情況喔**！如果是其他五官，例如皮膚、鼻子、舌頭等所感覺到，而加以推測的「好像～」時，～ようです／～みたいです跟～らしいです是無法通用的。例如，我摸了小孩紅通通的額頭後，我會說：

皮膚接觸的推測

熱があるようです。

好像發燒了。

或者，我聞到一股臭味時，我會說：

鼻子聞到的推測

誰かがおならをしたようです。

好像有人放屁了。

或者，我被可樂貓陷害喝了一杯放三天的牛奶，在嚐到味道後，我
會說：

舌頭感受的推測

この牛乳は腐ったようです。

這個牛奶好像壞掉了。

 「好像」跟「聽說」請不要搞錯

根據前面皮膚、鼻子、舌頭等所感覺到的，使用～ようです的「好
像～」推測，若是把它換成らしいです會變成什麼樣子呢？

「聽說」 → そうです／らしいです的用法和差異

熱があるらしいです。	聽說發燒了。
誰かがおならをしたらしいです。	聽說有人放屁了。
この牛乳は腐ったらしいです。	聽說這個牛奶壞掉了。

怎麼會這樣，換成らしいです後就從**「好像」**變成**「聽說」**了？請大家回想一下，我們在學習初級課程中，是不是也曾學過「聽說」的そうです用法呢？它的句型為：某情報によると、～そうです。（根據某情報，聽說～），例如：

天気予報によると、明日雨が降るそうです。

根據氣象預報，聽說明天會下雨。

うわさによると、あの人は愛人ができたそうです。

根據八卦消息，聽說那個人有小三了。

沒錯，這裡「聽說」的そうです，可以跟上面的らしい做替換，因為它們都是同樣的意思，因此通常使用「情報來源によると／某人の話では、～そう／らしいです。」的句型來表達「根據某情報，聽說～」。雖然聽說用法的「そう／らしいです」常被日本人混著

使用，但如果真的要細分的話，**聽說的「～そうです」比起聽說的「～らしいです」的內容更為可靠**，例如：

情報來源明確

王さんの話**によると**、黒皮犬は同性愛の犬だ**そうです**。

根據王仔的話，聽說黑皮狗是同性戀。

可楽猫**の話では**、黒皮犬は隣の雄犬が好きだ**そうです**。

根據可樂貓的訊息，聽說黑皮狗喜歡隔壁的公狗。

情報來源不明

うわさ**によると**、黒皮犬は同性愛の犬**らしいです**。

根據八卦消息，聽說黑皮狗是同性戀。

ある猫**の話では**、黒皮犬は隣の雄犬が好き**らしいです**。

根據某隻貓的訊息，聽說黑皮狗喜歡隔壁的公狗。

大家有發現嗎？當**情報來源明確**，例如「王さん」，或者是「可樂貓」這種指名道姓的人物或東西時，就**使用～そうです**。但是，**情**

報來源如果不清不楚，例如「うわさ」、「猫」等，到底是「什麼樣的うわさ？」又或者是「哪隻貓？」說的，我們無法確定時，就**使用～らしいです**。

到這邊為止，らしい、そう、よう跟みたいです的說明似乎能告一段落了（ほっとした^{放心了}），但為了感謝大家買了本書認真學習，所以決定追加一個らしい跟よう／みたいです的「好像」用法，請不要客氣喔（想必各位讀者已經都痛「苦」流涕了……）。

 小朋友的毛色「好像」當窩，
都是橘色虎斑，意義不明的「比喻」

需特別注意的是，這裡的「好像」是「比喻」用的「好像」，什麼是比喻呢？那個人像變態般，一直盯著我的屁股看。朋友的馬子很正，彷彿是仙女下凡。這類「像～般，彷彿是～一樣」的用法，就是比喻。

🐾 「比喻」 ➡ らしい跟よう／みたい的用法和差異

不過，這裡的らしい跟よう／みたい比喻用法的「好像」又複雜了起來，那麼再來看看以下的例句：

強調前面的名詞

王さんは男らしいです。

➡ 王仔像男人一樣（他是男人）。

表達跟前面的名詞完全相反

王さんは男のようです／みたいです。

➡ 王仔像男人一樣（他不是男人）。

這兩句中文都是「王仔像男人一樣」，但必須注意的是，上面這兩個句子，我們必須注意到王仔到底是不是男人？原來比喻用法的「～らしいです」，是用來強調前面的名詞，「**真正的～，～是無庸置疑的**」。而「**～ようです／みたいです**」，則用來表達跟前面的名詞本質完全相反時用，也就是「**跟～外觀、特性很像，但只是像而已，本身並不是～**」。

再來看幾個例句：

王さんは獣（けだもの）らしいです。

➡ 王仔是百分百的禽獸。（喜歡吃人肉，喝人血……）

王さんは獣のようです／みたいです。

➡➤ 王仔長得像禽獸一樣，但其實不是禽獸。

可楽猫は猫らしいです。

➡➤ 可樂貓是隻活生生的貓。（每天除了睡覺外，就是拉屎跟吃飼料）

可楽猫は猫のようです／みたいです。

➡➤ 可樂貓長的像貓，但其實不是貓。

🐾 「比喩」 ➡➤ いかにも〜らしいです的慣用句型

另外，在比喻用法好像的用法中，常使用：「いかにも〜らしいです」的慣用句型來表示**具有典型的風格或樣子**，或是用「まるで〜ようです／みたいです」來表示**反向的比喻**，例如：

好像××〜超典型

王さんはアダルトビデオが好きで、いかにも王さんらしいです。

王仔喜歡成人片，果然很有王仔的風格。

好像××〜但不是

原田さんは台湾語が上手で、まるで台湾人のようです／みたいです。

....

原田桑台灣話說得很好，簡直像台灣人一樣（但他並不是台灣人）。

 漂亮不分年齡，
「列舉」雞排妹、志玲姊姊都是美女

此外，よう／みたい還有一個列舉用法。

🐾 「例舉」⟶〜のような〜的用法

它的句型為ＡＢＣのようなＸ／ＡＢＣみたいなＸ，例如：

可楽、皇阿瑪、ハローキティのような（みたいな）猫

....

雞排妹、志玲姊姊のような（みたいな）美人

....

ＨＴＣ、ソニー、サムスンのような（みたいな）携帯メーカー

....

ケーキ、お菓子のような（みたいな）甘いもの

以上的例句中，可楽、皇阿瑪、ハローキティ都是貓，又或者雞排

妹、志玲姊姊這兩位都是美女，在此種句型中，ＡＢＣ是列舉的物品或動物，它們都具有Ｘ的共通特質。

 ［總複習］四種用法一起比較，馬上就會用

儘管らしい、そう、よう跟みたいです真的很混亂，但如果能將其一一擊破，先各別學習，之後再把四個一起拿出來做比較的話，相信就較容易理解了，附上一張簡單的比較表格（參見下頁），大家可以參考一下。

最後，考考大家，根據我家那個虎爛王「王可樂」貓咪的統計，「來自於亞洲的讀者，詢問らしい跟よう的差異性信件，一年就高達54萬件」，請問這裡到底該用らしい、そう、よう跟みたい中的哪一個才會是最正確的呢？
請各位動動腦想一下喔^^。

	〜そうです	〜ようです／ 〜みたいです	〜らしいです
① 好像	從某物體的 **外觀**來推測	**眼睛、耳朵、鼻子、 舌頭、皮膚**等知覺器 官感受到的東西判斷 推測用	眼睛看到、耳朵聽到的東西 加以判斷推測用
差異	重視眼睛看到的結果	無需根據也可以推測 （用直覺判斷，較不 負責任）	需有依據才能推測
② 聽說	常用句型表達： 〜によると 〜の話では $\Big\}$ 〜そうです		常用句型表達： 〜によると 〜うわさでは $\Big\}$ 〜らしいです
差異	情報來源可靠		情報來源不清楚
③ 比喻		常用句型表達： まるで〜ようです まるで〜みたいです	常用句型表達： いかにも〜らしいです ＡらしいА
差異		本質為相反	強調本質用
④ 列舉		ＡＢＣのようなＸ ＡＢＣみたいなＸ	
差異			

＊＊有趣的日文豆知識＊＊

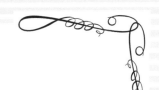

神社與寺廟的漢字一樣，唸法卻不同

大家普遍都知道，在東京有個地方叫「淺草（あさくさ）」，而那裡有間寺廟叫「浅草寺（せんそうじ）」。但是，為什麼一樣是「淺草」，地名唸作「あさくさ」，寺廟名卻又唸成「せんそう」呢？

這是因為，日文的「神社」唸法通常採用「訓読」，而「寺廟」以及「跟佛教有關的」則使用「音読」唸法，例如：

神社（訓読）	下鴨神社（しもがもじんじゃ）
	秋葉神社（あきば じんじゃ）

寺廟（音読）	東大寺（とうだいじ）
	法隆寺（ほうりゅうじ）

佛教相關物品（音読）	線香（せんこう）木魚（もくぎょ）
	仏壇（ぶつだん）

下面就幫大家做個對比，應該會更容易了解差別和用法：

浅草神社（あさくさじんじゃ）　　浅草寺（せんそうじ）

千葉神社（ちばじんじゃ）　　　　千葉寺（せんようじ）

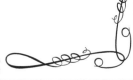

三貓劇場

Sense **6**

在房間滾來滾去
要用で、に，還是を呢？

 「在這裡」，要用哪個「在」？

前幾天一位學生來我家找我「喝咖啡聊是非」時，「可樂貓」可能
是又吃了貓大麻「またたび木天蓼」的樣子，她神智不清地跑到我
身邊摩蹭，一下子喵喵喵叫地要我摸她，一下子又「猫をかぶって
いる隱藏本性」在我面前裝乖，最後不知發什麼神經，突然滾動了起
來。她先從客廳滾到房間，再從房間滾回客廳，就這樣來回好幾
次，大概自己滾到頭暈受不了，最後再滾回我腳邊時，已經昏倒
了，真是自作自受又莫名其妙的笨貓。

她「滾來滾去」的這個動作，讓來訪的學生感覺很有趣，不過比起
滑稽的動作，學生更「気になる在意」的是「滾來滾去」的日文表
達方法，特別是助詞的部分，「貓在房子裡滾來滾去」，到底是該
用「で」「に」還是「を」呢？

這真是個好問題，因為大部分的學生都搞不太清楚「地點＋で／に／を＋動詞」時，這三個助詞的不同處，今天就趁著可樂貓昏倒不會來騷擾我時，趕快跟這位學生分享它們的不同吧！

 沒有移動特性的「在」，
用法類似英文的 at

先來看看「地點＋で～ます」的用法，它是「在某場所做～」的意思，例如：

地點＋で～ます	
教室で勉強します。	在教室用功。
部屋で寝ます。	在房間睡覺。
トイレでウンチします。	在廁所大便。

「地點＋で」是學日文最早接觸跟地點有關的助詞用法，這裡的「で」用中文來說明的話很容易理解，它是「在（某場所）」的意思，但希望大家更注意で後面接續的動詞部分。上面的句子中，分別使用了「勉強します 學習」、「寝ます 睡覺」、「ウンチします 拉屎」三個動詞，這三個動詞它們都強調「定點做～」，並沒有「移

動」的特性在。也就是說，你會坐在教室的某張桌椅上學習，但不可能在教室裡拿著書走來走去，「走來走去」在「學習」這個行為上，是不會成立的。

又或者你會待在房間裡（特別是床上）睡覺，但是絕不可能一下子睡在床上，一下子又移動到門前，一下子又移動到廁所裡，一下子又移動到書桌上睡覺，這在「睡覺」的行為上也絕不可能成立（《大法師》之類的，被惡靈附身的那個例外）。另外，你也不可能邊走邊拉屎吧！「拉屎」一定是安安靜靜的聽著貝多芬，手裡拿著手機滑FB，舒服地坐在馬桶上拉，那才叫爽啊，對吧！

換句話說，不管是「勉強します _{學習}」、「寝ます _{睡覺}」、還是「ウンチします _{拉屎}」等動詞，它們強調的都是「定點性動作」，當這些動詞前面搭配「場所／地點で」時會形成「位於某處做某動作」，這相當於英文文法中的「at」。

 傘遺忘在捷運裡……
存在／進入的用法類似英文的 exist ／ into

接下來我們來看看「地點＋に～ます」的用法，它的用法比較複雜，我們根據に後面接續的動詞，將它分類說明：

❶ 接續「存在性動詞」時，表示「位於、存在某場所」 ＝ exist

何謂「存在性動詞」呢？在初級日文中，**います、あります就是存在性動詞最典型的代表**了，我們會使用「存在助詞に」搭配存在動詞，造成「存在、位於某場所」的句子，例如：

猫は部屋にいます。	貓在房間裡。
かぎは机の上にあります。	鑰匙在桌上。

除了います、あります外，還有很多動詞也可以用來代表「存在」，例如：住みます、止めます、置きます等，例句如下：

斗六に住んでいます。	住在斗六。
車は公園に止めました。	車子停在公園。
傘を電車の中に忘れてしまいました。	傘忘在電車上了。

住在斗六＝位於／存在於斗六 ➤➤ 此處的住んでいます＝います。車子停在公園＝車子位於／放置於公園 ➤➤ 此處的とめました＝あります。而雨傘「忘在」電車裡，不就是把雨傘「放在」電車裡嗎？ ➤➤ 這裡也是あります的意思。因此使用「存在助詞に」，這種用法借用英文來說明的話就是「exist」。

🐾 ❷ 接續「進入性動詞」時，表示「進入、移動到場空間場所」＝ into

所謂的「**進入性動詞**」指的是動詞詞性帶有「進入某空間、某地點場所」的意思，例如；入ります、乗ります、行きます等。

部屋に入ります。	進入房間。
電車に乗ります。	搭乘電車。
台北に行きます。	前往台北。

我們進入房間，就是「移動到」房間，而搭乘電車＝「進入到」電車裡，前往台北，意思則跟「移動、進入到」台北是相同的。換句話說，「進入性助詞に」搭配「進入性動詞」時，會形成「進入於某場所空間」的意思，這種用法非常類似英文中的「into」用法。

 可樂貓在房間「走來走去」
然後「離開」，用英語來理解也通

最後我們來看看「**地點＋を移動性動詞**」的用法，它的意思也比較複雜，我們還是根據を後面接續的動詞，將它們分類說明。

🐾 ❶ 可樂貓在公園「走來走去」的用法，
類似英語的 around / through 或 across

所謂**走動**的「移動性動詞」指的是其詞性帶有「走來走去」的意思，例如：歩きます _{走路}、散歩します _{散步} 等。而**穿越**的「移動性動詞」指的是其詞性帶有「通過」，也就是「穿越某場所」的意思，例如：渡ります _{通過} 等。

公園を散歩します。	在公園散步。
道を歩きます。	在路上走。
橋を渡ります。	通過橋。

「歩きます」跟「散歩します」兩個字本身就有很強烈的走動意思在，這是因為不管是走路或者是散步，都不可能在原地進行，必須是在某空間「走來走去／繞來繞去」該動作才能成立。另外「渡ります」本身也是個「移動性動詞」，它指的是穿越、經過某場所。換句話說，**「移動助詞を」搭配「移動性動詞」，會形成「在某空間移動／穿越某空間」的意思**，這種用法非常類似英文中的「around／through 或 across」。

🐾 ❷ 可樂貓從老師房間「離開」的用法，類似英語的out of

所謂**離開**的「移動性動詞」指的是其詞性帶有「離開」意思的詞，也就是「出發自、啓程於某場所」的意思，例如：

降（お）ります 走下來、出ます 出去、卒業します 畢業 等。

電車を降ります。	下電車。
部屋を出ます。	走出房間。
大学を卒業します。	大學畢業。

下電車，就是「離開」電車，而出房間也是離開房間的意思，從大學畢業，則是離開大學，從大學「啟程（至社會）」的意思。**使用「移動助詞を」搭配具有「離開詞性」的「移動性動詞」，會形成「離開某空間場所」的意思**，這種用法非常類似英文中的「out of」。

 ［總複習］「場所＋に、で、を」的用法，看圖一目了然

那麼，可樂貓在家裡「ごろごろします 滾來滾去」，到底是該用で、に還是を呢？由於ごろごろします是個移動性的動詞，因此表示

「存在／進入」助詞的「に」就先被淘汰了,那可以使用「で」嗎?當我們把「家」當成一個小空間,貓在這個小空間裡小範圍地滾動,也就是把它理解為「貓在家裡的某塊地板、或磁磚上滾動」的話,是沒有錯的。但如果我們將「家」當成一個寬廣的大空間,「可樂貓在家裡(從東邊滾到西邊)滾來滾去」的話,此時使用移動的「を」,也就是「可楽猫は家をごろごろします。」,也絕對沒有問題。關於「場所+に、で、を」這三個助詞的解說,我們用下面的示意圖來解釋,應該更容易理解。

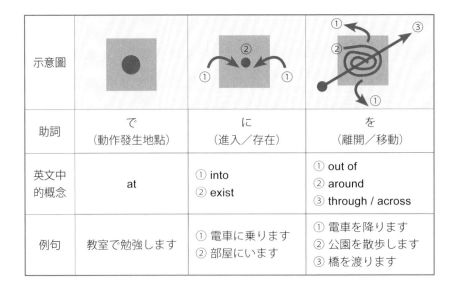

示意圖			
助詞	で (動作發生地點)	に (進入／存在)	を (離開／移動)
英文中 的概念	at	① into ② exist	① out of ② around ③ through / across
例句	教室で勉強します	① 電車に乗ります ② 部屋にいます	① 電車を降ります ② 公園を散歩します ③ 橋を渡ります

那麼,學生已經回家了,我也要「リビングを出て、部屋に入って、ベッドで寝ます。_{出客廳,進入房間,躺在床上睡覺。}」了,改天再聊。

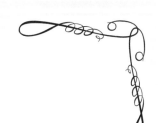

＊＊有趣的日文豆知識＊＊

「○○筋／通」統統有道

朋友最近要去大阪旅行，在規畫路線時，他們注意到某些路段叫「～通（どおり）」，例如：千日前通、本町通、南海通……等。某些路段卻又叫「～筋（すじ）」，例如：御堂筋、心斎橋筋、堺筋……等。究竟「～筋／通」有什麼不同呢？

其實大阪的道路像井字路般，有的是東西走向，有的則是南北走向，為了清楚區分，所以東西走向的路都稱作「～通」，而南北走向的路則稱作「～筋」。除了大阪之外，聽說神戶有部分道路也是採用這種區分道路走向的方式。

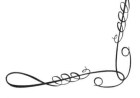

神刀闖江湖

斗六街坊流傳的
嵌人斬浪貓賤客

我終於得到神刀了，哇哈哈哈哈～

我て疤可不是一名浪得虛名！你試試就知道

聽說て疤的神刀可以消脂、除毛、拔鼻毛……超強的！

大膽！

竟敢在本太后面前，班門弄斧！

太后娘娘請饒了小的吧！

剃光光

 一次搞懂て型，初級文法大晉級

我家的「當窩」真的是隻很髒的貓咪，由於他曾經在外面流浪過（流浪到斗六），所以野性較強，每天早上都會吵著要出去我家院子ぶらぶら _{遊蕩}，然後ごろごろ _{滾來滾去}。而且一出去就是一整天，一直到傍晚才又會站在門口吵著「放我進去！放我進去啦！」「當窩」因為身體「長時間」跟院子的地板接觸，所以毛色儘管跟老三「小朋友」一樣都是橘色虎斑，但卻特色獨具，每天都有不同的黑色「刺青（いれずみ）」圖案，例如前天他的背上就畫了「卍」，昨天則是一朵「玫瑰花」，今天回到家，身體則是印了一個大大的日文平假名「て」字樣，真的酷斃了，也髒透了……。「小朋友」在看到「當窩」身上的「て」刺青時，突然問起，聽說日文的「て」型很難懂，「て」到底是什麼？又有什麼功用呢？

這真是個好問題，大家都知道「天生我材必有用」，就算「可樂貓」長得肥滋滋，而且動作慢，整天只會睡覺，但至少她一天內吃掉很多很多很多的飼料，而且完全不會浪費（優點？），所以「て」型一定也有它存在的理由，那麼，日文中的動詞「て」到底能幹什麼呢？其實這個問題的答案很「微妙（びみょう）」，每當我被學生問到日文中的動詞「て」是什麼東西時，我一定會回答：**「是個沒有用的東西，同時又是個很有用的東西！」**學生聽我這樣說，都覺得我在講廢話，不過「て」型真的就是這樣的東西。

我曾經看過電視購物台強打「××美體刀」，是由一支需要充電的本體搭配多種不同用途的刀片所組成的超強美體刀，想要刮腳毛，就在本體上裝刮腳毛專用刀片就好；想要剪鼻毛，就換上剪鼻毛專用的刀片；夏天到了，想讓貓咪出家當和尚（不，是想讓牠們清涼一下）時，換上刮體毛專用刀片，甚至還有逼犯人招供專用的凌虐刀片，真的是用途多多。一隻美體刀，勝過十隻瑞士刀。

不過這個美體刀的本體，本身沒有任何用途，就算你給它最強的電力，也不能去除任何毛髮，但只要安裝上刀片時，它就能發揮超強的功用。換句話說，美體刀的本體一定要搭配刀片才能使用。て型就像美體刀的本體，而刀片就是文法。

初級文法中常見的て型套組

那麼，て型可以搭配什麼文法？它們各別又有什麼意思呢？

以下為大家整理了初級文法中最常見的て型文法，提供參考學習：

❶ Ｖてください（要求別人做～，請～）

ちょっと待ってください。　　　　　　　　　請等一下。

❷ Ｖています（表示動作進行中，正在～，相當於英文中的 Ving）

猫は部屋で寝ています。　　　　　　　　　猫在房間睡覺。

❸ Ｖています（表示習慣）

可楽猫は毎晩八時に「連続ドラマ」を見ています。

可樂貓每天晚上八點收看「連續劇」。

❹ Ｖています（表示狀態）

可楽猫は「五月天」を知っています。　　　　　可樂貓知道五月天。

❺ Ｖています（表示反覆的動作）

「小朋友」は毎日日本語を勉強しています。　　小朋友每天學習日語。

❻ Vています（表示動作結束後，其結果的存續）

「ピッコロ」は「悟空」に殺されて、死んでいます。

比克被悟空殺了，死掉了。

❼ Vてもいいです（表示許可）

旧暦七月ではなければ、黒皮犬は夜吠えてもいいです。

非農曆七月的話，黑皮狗可以晚上吹狗螺。

❽ Vてはいけません（表示禁止）

旧暦七月であれば、黒皮犬は夜吠えてはいけません。

農曆七月的話，黑皮狗不可以晚上吹狗螺。

❾ Vて、～V （表示動作的連接，相當於and）

當窩は朝10時に家を出て、庭で8時間遊んで、夜6時ぐらいに帰ります。

當窩早上10點出門，在院子裡玩了8小時，晚上6點左右才回家。

❿ Vてから、Vます（表示動作先後順序）

可楽猫はウンチをしてから、お風呂に入ります。

可樂貓拉完屎後，才去泡澡。

❶❶ V てあげます / もらいます / くれます

（表示幫別人做〜 / 請別人幫忙做〜 / 別人幫我做〜）

「可楽猫」は飼い主を守るために、ゴキブリを捕まえてあげます。

可樂貓為了保護飼主，幫忙抓蟑螂。

私は「可楽猫」にベッドの下にある50元玉を取ってもらいます。

我拜託可樂貓幫忙拿床底下的50元硬幣。

「小朋友」は彼氏の写真をみせてくれました。

小朋友給我看男朋友的照片。

❶❷ V てしまいます （①表示動作的完了 / ②表示遺憾、可惜）

① 10キロの餌を二ヶ月で、全部食べてしまいました。

10公斤的飼料，兩個月就全部吃光了。

② 可楽猫は大切なまたたびをどこかに落としてしまいました。

可樂貓把很重要的貓大麻弄丟了。

❶❸ V てあります （表示人為動作結束後，其結果還存續）

アダルトマガジンは引き出しにしまってあります。

成人雜誌收藏在抽屜裡。

⓮ Vておきます（①表示準備，事先做好～ / ②表示放置不管）

① 彼女が来ますから、部屋を掃除しておきます。

　因為女朋友要來，所以先打掃房間。

② ほうきと塵取りを使ったら、倉庫に入れておいてください。

　用完掃把和畚斗，請放到倉庫裡。

⓯ Vていません（表示尚未～）

もう夜9時なのに、まだ晩ご飯を食べていません。

已經晚上9點了，還沒吃晚餐。

⓰ Vてみます（表示嘗試做～）

犬の缶詰を食べてみます。　　　　　　　　　試吃看看狗罐頭。

⓱ Vてきます（表示做完某件事後就馬上回來）

ちょっとトイレへ行ってきます。　　　　　　去一下洗手間就回來。

寫到這邊，我頭都昏了，相信大家也看得眼睛很暈吧！還好終於可以告一段落，基本上這些都是初級文法中很常見的，跟て型有關係的套組文法。這些都非常實用，所以請各位在初級的階段，務必熟練動詞て型，因為て型沒學好，以後的課程可就接不下去了喔！

［總複習］動詞的て型變法

大家還記得動詞的て型變法嗎？這可是基礎中的基礎啊！

🐾 第一類動詞

指的是：**い段音（い、き、ぎ、し、ち、に、び、み、り）**＋ます
的動詞，て型變法如下：

①去ます　　②い段音字母改成對應的て型

き ⟹ いて／**ぎ** ⟹ いで　　　　**し** ⟹ して

い、ち、り ⟹ って　　　　　　**に、び、み** ⟹ んで

＊**行きます**例外，其て型是行って

第一類動詞	①去ます	②い段音字母變て型
合**い**ます	合**い**	合**い** ⟹ 合って
書**き**ます	書**き**	書**き** ⟹ 書いて
急**ぎ**ます	急**ぎ**	急**ぎ** ⟹ 急いで
話**し**ます	話**し**	話**し** ⟹ 話して
立**ち**ます	立**ち**	立**ち** ⟹ 立って
死**に**ます	死**に**	死**に** ⟹ 死んで
飛**び**ます	飛**び**	飛**び** ⟹ 飛んで
読**み**ます	読**み**	読**み** ⟹ 読んで
帰**り**ます	帰**り**	帰**り** ⟹ 帰って
*行**き**ます		行って

🐾 第二類動詞

指的是：**え段音（え、け、せ、て、ね、べ、め、れ）**＋ます的動詞，て型變法如下；

①去ます ②加上て

＊有一小部分**い段音**＋ます的動詞是第二類動詞

第二類動詞	①去ます	②加上て
寝ます	寝	寝て
食べます	食べ	食べて
考えます	考え	考えて
止めます	止め	止めて
*見ます	見	見て
*います	い	いて
*起きます	起き	起きて

🐾 第三類動詞

只有**来ます／します** 兩個動詞，另外**兩個漢字します、外來語します、擬聲態語します**也會變成第三類動詞，其て型變法如下：

①去ます ②加上て

第三類動詞	①去ます	②加上て
来ます	来	来て
します	し	して
結婚します	結婚し	結婚して
コピーします	コピーし	コピーして
ごろごろします	ごろごろし	ごろごろして

忽近又忽遠的
「～てきます」「～ていきます」

狗狗一下向我靠近，
一下又跑開我身邊，要怎麼表達？

昨天星期日，利用難得的假日，帶可樂貓前往住家附近的公園運動，我們本來打算跑個3000公尺後，打卡放上臉書炫耀一下，但可樂實在太胖了，我則是太瘦太虛，才跑一小段路，兩個就已經上氣不接下氣，跑不動了。最後只好改變計畫，「跑步」改成「看別人跑步」。仔細想來，可樂來我家已有8年了，我也36歲了，我們都從「若」逐漸轉往「老」的途中……。

雖然放棄運動，但是坐在公園的草皮上吹著涼風，看別人「凧揚げ（たこあげ）放風箏」跟「フリスビーを投げる丟飛盤」倒也蠻有趣的，特別是有一對「カップル情侶、夫妻」帶著他們家的「ボクサー拳師狗」來丟飛盤，那情景實在有趣。狗的身體肥肥的，而且腳很短，

Sense 8　忽近又忽遠的「～てきます」「～ていきます」　99

跑起來明明很慢，但就是喜歡追飛盤。男女雙方各站東西一邊，當男生把飛盤往女生那邊射去，狗就往女生那邊跑去，女生在接到飛盤後，再往男生那邊射去，狗就又追著飛盤，往男生這邊跑來，牠一下往東，一下往西跑，儘管很累卻努力不懈，真是「狗小志氣高」，比起我們兩個強太多了。

不過狗還是累了，而且牠突然注意到可樂貓，便往我們這邊走來，看來是想跟可樂貓交朋友。牠對可樂貓「汪、汪」叫了兩聲，可樂轉頭看了一下我之後，對著牠「喵、喵」叫了兩聲，可能是語言不通（？），總之狗就轉身，走回主人身邊了。

當天晚上，我跟可樂、小朋友和當窩的話題一直圍繞在那隻狗跑來跑去的景像。可樂說看狗跑過來又跑過去，忽近又忽遠，頭都暈了，所以想去床上休息一下。果然貓跟人類的視覺感受不一樣，不過說到忽近又忽遠的距離感，我想起日文中有一個用法，可以用來表達「近」跟「遠」。

 很有距離感的て型用法

🐾 狗狗向我跑來，要使用 走ってきます

以我為中心點，當某人或物品「往我這邊靠近」或者「往別處去，離我越來越遠」時，可以使用帶有移動性質的移動動詞的て型＋きます／いきます的方式來表達「～來」／「～開、～遠」。

所謂的移動動詞指的是，走ります、飛びます、入ります、渡ります、上がります等具有「移動」意思的動詞，例如：在公園遇見的那隻「ボクサー」，牠在公園裡跑來跑去的這個動作，就可以使用「走ります（はしります）」來表示。以我和可樂貓的位置為基準，當牠往我們這邊跑過來時，要使用「走ります」的て型「走って」＋「きます」來表示「跑過來」。

🐾 狗狗從我身邊跑開，要使用 〔 ～走っていきます。 〕

但當她跑回主人身邊時，以我和可樂貓的位置為基準，由於牠會從我們身邊離去，因此要使用「走って」＋「いきます」來表示「跑開，跑走，跑遠」。

🐾 以我為中心，距離越來越近VS.距離越來越遠

再來看下一個例句：我家的黑皮狗是個「食いしん坊（くいしんぼう）」吃貨」，當牠看到我手上拿著排骨便當，馬上向我飛撲過來，「飛撲」的日文動詞是「飛び掛かります」，以我為中心地向我撲

來，所以是：

黑皮犬は私に飛び掛かってきました。

黑皮狗向我撲來。

但如果是隔壁的鄰居這時候突然拿著一盒肯德基的全家餐，那黑皮肯定會馬上棄我而去，往鄰居那邊飛撲過去。所以，以我為中心點，黑皮離我越來越遠，就要說成：

黑皮犬は近所の人に飛び掛かっていきました。

黑皮狗向鄰居撲去。

這種距離感的用法，用以下的圖示來說明更容易理解。

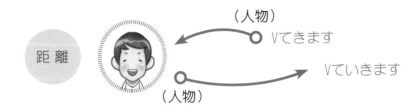

時間變化或持續的て型用法

除了「移動動詞て型＋きます／いきます」的接續方式外，我們也可以**使用表示變化性動詞て型＋きます／いきます來表示「變得越來～」**，例如「なります」。另外也可以**使用具有持續性意思的持續性動詞て型＋きます／いきます來表示「一直～」**，例如：增えます、減ります、生きます、頑張ります、変わります等動詞。

需特別注意的是，由於此時的重點是擺在時間的變化或持續上，並非距離，因此必須以「現在的時間」為中心點，**當時間是從過去一直到現在的變化時，使用「～てきます」**，而**當時間的變化是從現在到未來的情況時，使用「～ていきます」**。

🐾 **時間從過去一直持續到現在，要使用～てきます**

舉例來說，現在的時間是 11 月，以11月為基準，我們知道入秋之後，從10月中旬開始，氣溫會慢慢地變涼，此時我們可以講：

10月から涼しくなってきました。

10月開始變涼了。

表示從10月開始，天氣開始涼爽了起來，一直到涼到現在。

🐾 時間從現在一直持續到未來，要使用〜ていきます

然而，11月結束後，馬上就入冬，若以11月的時間為基準，接下來的12月、1月會變得更冷，我們就可以講：

これから寒くなっていきます。

接下來會一直冷下去。

用來表示，天氣會越來越冷。

🐾 以現在為中心，過去一直到現在 VS.現在一直到未來

前面曾提及，可樂貓來我家8年了，這8年來，我們一直相依為命，若是使用現在的時間為基準，因為是從過去的8年一直到現在，所以我會講：

可楽猫は私と一緒に8年間暮らしてきました。

可樂貓跟我一起生活有8年了。

表示可樂貓跟我一起（從過去的時間）生活到現在已有8年。我希望他從現在起也能一直陪在我旁邊，所以要這樣說：

これからも一緒に暮らしていきたいです。

今後也要一起生活下去。

希望接下來也能一直一起生活下去。這種時間變化持續的用法，用下面的圖示來說明，會比較容易理解。

教科書較少提，但很實用的
「Vて＋きます／いきます」文法

除了以上的說明外，我們還可以**使用帶有發生、出現性質的動詞て＋きます來表示「某種情況或現象產生、出現」**，常見的動詞有出ます、怒ります等。例如：中秋節當天想「月見（つきみ）賞月」，但月亮被雲擋住，所以看不到月亮，可是當雲散去後，我們就看到月亮了。用來表示月亮出現了時可以講：

月が出てきました。

月亮出來了。

而**帶有消失、失去動詞的て＋いきます，可以用來表示「某種情況或現象消失不見」**，常見的動詞有死にます、忘れます等。例如，因為戰爭，很多人死掉了。用來表示人們消失、逝去時，我們就可以講：

戦争で、たくさんの人が死んでいきました。

因為戰爭，很多人死掉了。

動詞て＋きます／いきます在句子的表現有各種意思在，基本上最常見的還是以<u>我為中心的距離感</u>，和<u>以現在時刻為基準的時間變化</u>為主。

話說可樂貓去休息後，一直到剛才才醒來，這在日文中就是「さっきまで休んできました。」，她起床後去吃個飼料，然後又上個廁所，接下來跑去廚房抓小強，這用日文講會是これからはゴキブリを捕まえていきます。

「て＋きます／いきます」在一般的教科書較少提到，但卻是非常實用的文法，請大家務必把它給學起來！

＊＊有趣的日文豆知識＊＊

面向西邊的武士？

3月底的某一天，在跟日本朋友聊天時，對方突然提到：「4月有沒有31天呢？」然後口中就自言自語地唸著：「にしむくさむらい」，並且用右手點數左手指頭，接著說：「沒有。」在一旁的我實在不懂他葫蘆裡賣什麼藥，「面向西邊的武士」沒頭沒尾說得莫名其妙，於是忍不住問他：「什麼是『西向く侍』（にしむくさむらい）？」原來，日本人喜歡用「語呂合わせ（ごろあわせ）諧音字」來記東西。他們把12月中不足31天的月份，即2、4、6、9月份的首字音來記憶：

に ➡ 二月　　し ➡ 四月　　む ➡ 六月　　く ➡ 九月

另外還有一個十一月則讀作「さむらい」，其中原因是，「十一」是由「十」跟「一」所組成，可以當成「士」來看，而「士」的日文也可唸作「さむらい」。所以，2、4、6、9、11月這幾個不足31天的月份，日本人就用「西向く侍（にしむくさむらい）」這種諧音來記憶了。

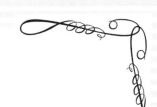

三貓劇場

Sense **9**

為愛走天涯的ために、ように？

 「愛」這件事，可是很花錢的

我對可樂貓真是又愛又恨，在她做錯事情的時候，我會很生氣地抱住她，在她撒嬌的時候也會緊緊地抱住她（這不是一樣嗎？）。總之我對她的情感非常複雜，一言難盡，儘管如此，除了我媽以外，她應該是我在這世界上最深愛的女人。

曾經我為了她的「餌（えさ）」，半夜起床在電腦前急忙上網搜尋她喜歡的貓食，一刷就是幾千元，我的心都碎了。不過為了取悅深愛的她，只能忍痛，台語講的「愛到卡慘死」，指的絕對是我這種人。總之，為了可樂貓咪，我什麼都願意做，簡直是為愛走天涯！

說到這邊，還真的有學生詢問過，「為愛走天涯」的日文要怎麼說？這句話若能學會，不只能對自己的寵物講，也可以對愛人說，非常實用（對吧？）。

表示目的ために、ように

在日文中，用來表達「目的」有兩種說法，一個叫「ために」，另一個則是「ように」，雖然兩者中文的意思都是「為了～而～」，但在使用上其實是不同的，現在就為大家說明一下，順便跟大家講講「為愛走天涯」的日文說法吧！

可楽猫の機嫌が取れるように、高級な餌を買いました。
可楽猫の機嫌を取るために、高級な餌を買いました。

上述兩個句子的「外觀」幾乎相同，都是「為了取悅可樂貓，買了高級的飼料」的意思，但再仔細看看，發現「細節」不太一樣，一個是「～が取れるように」，另一個則是「～を取るために」。究竟有什麼不一樣呢？偷偷翻了一下文法解說書，上面簡單地寫著：

① 非意志動詞＋ように／② 意志動詞＋ために

なるほど 原來如此（大誤）……說到底，還是不懂，究竟什麼是意志動詞，什麼又是非意志動詞？有沒有更簡單一點的說明呢？各位的疑問就用，「多看幾個關於ように／ために的例句」來解決吧。

🐾 ❶ 非意志動詞＋ように

可楽猫にもわかるように、ニャーニャーという言葉で話しています。

為了讓可樂貓懂，我用喵喵的話語跟她說。

綺麗な英語の先生がよく見えるように、前の席に座ります。

為了能清楚看到漂亮的英語老師，我坐在前面的位置。

早く彼女ができるように、毎日おしゃれな格好をしています。

為了早一點交到女朋友，我每天都打扮得很時尚。

🐾 ❷ 意志動詞＋ために

可楽猫は生きるために、私のカードで餌を買いました。

可樂貓為了活下去，刷我的信用卡買飼料。

綺麗な先生を見るために、英語教室に通っています。

為了看漂亮的老師，我上英語補習班。

ナンパするために、その子に「お姉さん、遊びに行かない？」
と声をかけました。

為了搭訕女生，開口問她說：「小姐，要不要一起出去玩？」

到這邊為止，我們發現ように前面出現的「わかる」「見える」
「できる」等動詞都有個共通點，它們都不存在著～たい／ましょ
う／ください／な／～てあげる等用法，像是這類型的動詞就叫
「非意志動詞」，當「非意志動詞」用來表示目的時，後面就接續
ように。

相反地，「生きる」「見る」「ナンパする」等，這類動詞能以命
令、意志、禁止型等動詞變化呈現，也存在著～たい／ましょう／
ください／な／～てあげる等用法。這類型的動詞則稱為「意志動
詞」，當「意志動詞」用來表示目的時，後面就接續ために。

🐾〔例外〕なります同時適用於ように／ために

需特別注意的是，我們偶爾會看到這樣的句子：

お金持ちになるように、一生懸命株のノウハウを勉強します。
お金持ちになるために、一生懸命株のノウハウを勉強します。

這又是怎麼一回事呢？原來なります因為特性的問題，它本身就是個意志動詞，同時也是個非意志動詞，所以才同時適用於ように／ために喔。

 大發現！表示目的「為了～而～」的文法規則

えっ，說好的幸福呢？不，是「為愛走天涯」呢？差點忘了說明，不好意思^^。剛才我們學習到：

たい／ましょう／ください不OK的**非意志動詞＋ように**
たい／ましょう／ください OK的**意志動詞＋ために**

但除此之外，ように／ために各有個番外篇的用法，那就是，動詞ない＋ように／名詞の＋ために。例如：

動詞ない＋ように

おならをしないように、サツマイモを食べません。

為了不放屁，不吃番薯。

猫が取れないように、クレジットカードを隠しました。

為了不讓貓拿到，把信用卡藏起來。

名詞の＋ために

ダイエットのために、毎日運動しています。

為了減肥，每天做運動。

子供のために、アイフォン6Sを買ってあげます。

為了小孩，買了 iPhone 6S。

這下我們終於抓到完整的規則，可以將文法綜合一下了：

非意志動詞／動詞ない＋ように　　意志動詞／名詞の＋ために

🐾「愛」作名詞或動詞，句型的表現不一樣

回到問題的原點，來談談「為愛走天涯」的日文該怎麼說吧！

如果我們將「愛」視為名詞，可以講：

愛のために、世界の果てまで走ります。

如果我們把「愛」用動詞的方式表達，例如「追求愛情」之類的，由於「求めます 追求」是個可以用「～たい／ましょう／ください」方式表現的意志動詞，因此可以這樣說：

愛を求めるために、世界の果てまで走ります。

這樣說明大家都明白了嗎^^

話說，我為了我的愛，拚命地買高級飼料和點心玩具給她，卡已經刷爆好幾張了，由於現在有點「手元不如意（てもとふにょい）拮据」，眼看討債的黑衣人就快上門了，看來我本來為愛走天涯，現在只能為躲債藏地下（借金取りから逃げるために、地下に隠れています）了⋯⋯。

 ［總複習］補充說明，加強記憶！

在Ａ ように Ｂ的句型中，ＡＢ可以是相同動作主，也可以是不同動作主，例如：

主詞是：可樂貓／我

可楽猫にもわかるように、ニャーニャーという言葉で話しています。

為了讓可樂貓懂，我用喵喵的話語跟她說話。

> 主詞是：我／我

綺麗な英語の先生がよく見えるように、前の席に座ります。

我為了能清楚看到漂亮的英語老師，我坐在前面的位置。

而在Ａためにｂ的句型中，ＡＢ一定是同一動作主，例如：

> 主詞是：可樂貓／可樂貓

可楽猫は生きるために、私のカードで餌を買いました。

可樂貓為了活下去，可樂貓刷我的卡買飼料。

> 主詞是：我／我

綺麗な先生を見るために、英語教室に通っています。

我為了看正妹老師，我上英語教室。

ように、ために真的不容易，除了上面的用法外，還有ようにします／なります等，另外ために也有表示原因理由的用法在，真的很複雜。究竟我們該如何學習呢？建議看完

這篇文章，把特性理解後，多練習句子，甚至可以背一些例句，相信很快就能熟練的。

＊＊有趣的日文豆知識＊＊

有「富士額」就是美女、帥哥嗎？

在台灣，只要亮出額頭，被人發現有美人尖，旁邊的人一定會驚呼的稱讚「哇！你有美人尖耶。」這不只是一般公認的說法而已，在面相學上，也被當作判斷面相的重要參考之一。

那，什麼是的「美人尖」？其實指的是「髮際中間向下呈現出V字形突出的部分」，台灣人普遍認為這是評鑑美女的條件之一。而日文則是把美人尖稱為「富士額（ふじびたい）」。

因為對日本人來說，美人尖的「髮際（生え際・はえぎわ）」的形狀，就像他們所崇敬的富士山一樣，所以就稱作「富士額」。

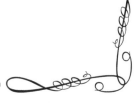

三貓劇場

Sense **10**

三胞胎兄弟的「～ましょう、 ～ませんか、～ましょうか」

 超級入門的初級課程，與人交往、搭訕必學！

再來跟大家分享一個非常初級的文法，因為實在太入門，所以很多教科書或老師都常用一兩句話簡單帶過，不過站在初學者的立場，這可是一點都不容易啊！這三個初級文法，不管是外觀（用法）長的像，個性（意思）也很一樣，所以日文初學者，很容易認錯人……這三個兄弟就是初級教科書，絕對百分之百會出現的「～ましょう」「～ませんか」跟「～ましょうか」。

我們知道「～ましょう」「～ませんか」跟「～ましょうか」都有「勸誘邀約」的意思在，那如果我們想邀請某位正妹：「小姐，要不要跟我去吃碗陽春麵呢？」的時候，究竟該用～ましょう還是～ませんか，又或者是～ましょうか才正確呢？而且這三個「兄弟」的身上究竟有什麼特徵，可以讓我們不會認錯呢？

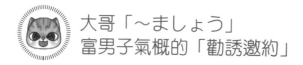

大哥「～ましょう」
富男子氣概的「勸誘邀約」

先來談談大哥的「～ましょう」吧！

🐾 對方也強烈期待的「勸誘」用法：～ましょう

大家在學日文的過程中，一定很常聽到某人對某人說「行きましょう」，對此我們通常把它理解成「我們走吧！」，它的意思類似英文中的Let's go，所以將它稱為「勸誘」用法，例如：

お茶でも飲みましょう。	一杯茶也好，喝一下吧！
あのホテルで休みましょう。	在那家飯店休息吧！

另外它可以搭配「一緒に」，形成「一緒に～ましょう」的用法來表示「我們一起～吧！」，例如：

一緒にお茶を飲みましょう。	我們一起去喝茶吧！
一緒にあのホテルで休みましょう。	我們一起去那家飯店休息吧！

由於～ましょう「建議／邀請別人～」的語感很強烈，因此**通常用**

於對方也是很強烈期待「做～」時用，例如，天氣很熱，同行的朋友看起來好像很渴，想喝點什麼東西時，我們就可以對他講：

喉が渇いていますか。では、お茶でも飲みましょう。

口渴嗎？那麼，一杯茶也好，來去喝吧！

又或者同行的朋友在看似很疲憊想休息時，我們可以對他講：

疲れましたか。では、あのホテルで休みましょう。

累了嗎？那麼，到那家飯店休息吧！

以上的句子，若是在**沒考慮對方是否有意願「做～」**的情況下，就斷然使用的話，會讓對方有被強迫的感覺，也就是不管你渴不渴，想不想喝茶，又或者不管你累不累、想不想休息，總之「我提議～吧！」因此在使用時，必須先考慮對方的気持ち 心情才行喔！

🐾 受到邀約時，可以用～ましょう「回答」

在上面的解說中，我們提到「～ましょう」是某人對某人邀約「～吧！」的用法，但除此之外，**～ましょう還能作為被邀約時的答句**，例如：

可楽猫：円安が進んでいますから、猫の島に行きませんか。

可樂貓：由於日圓持續貶值，要不要來去貓島呢？

飼い主の王さん：いいですね。行きましょう。

飼主王仔：不錯喔。來去吧！

 二哥「～ませんか」
最紳士的「勧誘邀約」

相較於大哥～ましょう，我們來看看二弟～ませんか吧！從句尾的
か可以得知，它是個反問對方的問句，那麼，它是在問什麼呢？

私と付き合ってくれませんか。

可不可以跟我交往？

あなたのような人間は、死んでもらえませんか。

像你這樣的人，可不可以去死？

ご馳走してくれませんか。

可不可以請我吃好料？

原來，「～ませんか」是在**問對方有沒有意願**，也就是中文的**「你要不要／想不想／有沒有興趣～呢？」**，雖然也是個向對方提出邀約的用法，但由於它有問及對方的意願，因此跟「～ましょう」相比，是個有考慮到對方立場，更客氣的問法。

「～ませんか」也可以搭配「一緒に」形成「一緒に～ませんか」的用法來詢問對方「有沒有意願跟我一起～？」例如：

一緒にお風呂に入りませんか。

要不要跟我一起泡澡？

一緒に布団をもみもみしませんか。

要不要跟我一起踩踩棉被？

🐾 邀約用法：「～も～ませんか」

「～ませんか」也可以搭配著「～も」，形成「～も～ませんか」的邀約疑問句型，此句型常見於A將進行或正在進行某動作時，看到B，就詢問B「你要不要也～呢？」時用，例如：（可樂貓在房間吃著新買的飼料時，剛好看到王仔進房間）

この猫の餌は本当に美味しいですね。あなたも食べてみませんか。

這個貓食真的很好吃耶，你要不要也一起吃吃看呢？

（黑皮狗計畫要辦一個在院子裡滾來滾去的比賽時，看到可樂貓）

今週の土曜日に、庭でごろごろする大会をやるんですが、
可楽猫も来ませんか。

這個禮拜六，要在院子裡舉辦滾來滾去大會，可樂貓要不要也一起來參加？

 三弟「～ましょうか」
符合日本好男人形象的「勸誘」「提議」

最後來談談「末っ子（すえっこ）ㄥ子」的「～ましょうか」吧！雖然它們都是一家人（？）但三兄弟中，三弟最叛逆，跟大哥和二哥完全不同。

首先「～ましょうか」可以用來表示：

① 勸誘：我們～吧？
② 提議：我來～吧！

那麼應該如何分辨呢？很簡單，看它的屁股，不，是聽它屁股，這是因為～ましょうか」句尾か的發音，用在表示勸誘或提議時，音調不一樣。

😾 ❶ 勸誘：句尾か的聲調必須降下來。只能對有意願的熟人使用

用於勸誘時，句尾か的聲調必須降下來，它跟「～ましょう」相同，必須注意**對方是否有強烈的意願「做～」才能使用**，如果對方沒意願，就隨便丟下一句「行きましょうか」，就會變成是帶有半強迫的語氣。

另外**「～ましょうか」在表示勸誘時，只限定對跟自己很熟的人用**，例如朋友、同事等，若是對跟自己不熟的人講「～ましょうか」，這樣也是有點失禮的。

「～ましょうか」可搭配「そろそろ」，形成**「そろそろ～ましょうか」**的句組，這是很有「催促別人做～」的 fu 在的，當然這種講法還是必須考慮到對方是否有意願，而且也**只限對熟人用**，例如：

（對朋友）そろそろ行きましょうか。	差不多要來走了？
（對同事）そろそろ帰りましょうか。	差不多該回去了？

❷ 提議：句尾か的聲調必須提高。是自願去做的，可用於任何人

「～ましょうか」用於提議時，句尾か的聲調必須提高，表示自願為對方做某件事，這時不管自己跟對方是否要好、熟不熟，都可以使用，例如：

（對客人）お荷物なら、私が持ちましょうか。

行李，我來提吧？

（對同事）机の掃除は、私がやりましょうか。

我來整理桌子吧？

 ［總複習］「小姐，要不要一起去吃麵？」
哪種說法最恰當？

為了方便大家記憶這三兄弟的使用法，特別整理出下列規則，請多加利用和練習：

🐾 邀約別人做某事時，當知道對方也很有意願的情況下，可以使用「～ましょう。」或「～ましょうか。」這只能跟自己的好朋友或熟人講，不能用於跟自己不熟的人。

🐾 「そろそろ～ましょうか。」句型，帶有催促的語感，意思是「我們差不多該～了吧？」不適合用於不熟悉的人和正式場合。

🐾 當我們不知道對方是否有意願做某事時，必須使用「～ませんか。」來詢問對方的意願和想法。

🐾 當我們計畫做某事，或正在做某事時，看到某人，臨時起意想邀請某人加入時，一定會使用「某人も～ませんか。」

🐾 在被邀約後，表示我願意～時，可以使用「～ましょう。」

🐾 當我們古道熱腸，想主動為別人做某事時，可以使用句尾語氣提高的「～ましょうか。」

🐾 **認清自己跟對方的關係，就能說出正確的邀請法了**

那麼，「小姐，要不要跟我去吃碗陽春麵呢？」到底應該請出大哥、二哥還是三弟呢？

回答❶

如果感覺小姐很有意願跟我們去吃麵的話，直接講「食べに行きましょう。」最豪爽、最有男子氣概。

回答❷

如果小姐是認識的好朋友，而她也有意願去吃麵時，可以跟她講：「食べに行きましょうか。」記住講這句話的時候，句尾か的聲調必須降下來，這種講法最符合日本的好男人形象。

回答❸

如果單純只是街頭搭訕，也不知道那位小姐有沒有意願跟我們去吃麵的話，還是講「食べに行きませんか。」把決定權交給對方，這樣最紳士了^^。

感情生變的
三階段邀約說法！

行きましょうか。

action!

一緒にお茶を飲みましょう。

男有情，妹有意地交往中

そろそろ行きましょうか。

交往過了熱烈期

お茶を飲みませんか。

哥哥你好帥！
我叫謝安真

出現第三者

比起愛人，
我還是喜歡被愛。

喂！

三貓劇場

如果我是好野人「的話」……

 中文很難學，日文更難嗎？

我的日本朋友前陣子跟我抱怨：「你們中文好難學，簡直是世界上最複雜的語言，怎麼學都學不會。」我聽了很不爽，馬上回嗆他：「你們日文才難學啦！什麼擬聲擬態語，脫褲子是一種聲音，放屁也是一種聲音，連拉個屎也是一個聲音，真是莫名其妙。」（某網友表示：神回……）

不過仔細想想，中文要表達某種說法時，只要一個詞組就搞定，日文卻必須視情況，及後面連接的動詞來決定可使用的詞組，在這一點上，日文真的是不容易。例如初級文法中的「と、なら、ば、たら」將它們翻成中文後，都是「～的話」，但它們在使用時，都很有個性，彼此都有各自的限制，無法混著用，真的很傷腦筋。

現在就針對日文中的四個「～的話」做解說，看看究竟是中文難，還是日文難吧！

 日文中表示假設「～的話」的四種用法

由於「と、なら、ば、たら」的用法差異不容易理解，所以還是先分開解說，之後再合併說明。

🐾 **入春「的話」，櫻花就會開。必然的結果假設用「と」**

首先我們先來看看，「春になると、桜が咲きます」的「と」吧。
「AとB」，當A的條件成立後，B動作一定也會成立／進行。這是什麼意思呢？例如：

必然的結果：自然法則	
一に一を足すと、二になります。	1＋1＝2
秋になると、木の葉が色づきます。	到了秋天，樹葉會變色。

1加1，一定等於2，這是無庸置疑的；而秋天一到，樹葉也一定會變色。另外，春天到了，櫻花就會開，這些自然法則都是絕對必然

的，所以使用「と」。偶爾我們也會看到這樣的句子：

その道をまっすぐ行くと、左にカルフールがあります。

這條路直直走的話，家樂福就在左邊。

カルフールを左に曲がると、メイドカフェがあります。

在家樂福往左轉的話，有一家女僕咖啡。

このボタンを押すと、工場が爆発します。

按下這個按鈕的話，工廠會爆炸。

ガスコンロのつまみを右に回すと、火がつきます。

瓦斯爐的旋鈕往右轉的話，火就點著了。

這裡雖然也是指Ａ條件成立後，Ｂ會成立／進行，但它通常用來說明交通、地理環境，也就是報路、或者是操作機械時的說明用。

と用在連接時的限制比較多，後面Ｂ部分不能是意志性動詞，也就是不能接續能變成～ましょう、ください等的動詞。儘管如此，我

們仍然會看到這樣的句子：

強調習慣的例外用法

可楽猫はお腹がいっぱいになると、いつも私のそばに来て寝ます。

可樂貓肚子很飽的話，總是會來到我身邊睡覺。

私は喫茶店に行くと、よくラテを飲みます。

我去咖啡廳的話，經常喝拿鐵。

ちょっと待って 稍等一下 ！寝ます、飲みます，不都是可以變成ましょう、ください的意志動詞嗎？為什麼可以放在Ａとｂ句型中呢？這是因為在**習慣性的動作中，即使Ｂ部分是意志性動詞，ＡとＢ的句型也是可以成立**。由於這種句型強調的是習慣，因此句子中的Ｂ動詞，常會**搭配いつも、よく、時々等頻率性的副詞一起使用**。

另外，條件句的と在迷信中也常出現，例如：

迷信句的特殊用法（做壞事就會得報應）

食べてすぐ横になると牛になります。

一吃飽就躺下會變成牛。

這是一般書上較少提到的用法，在學習時可以參考一下。

🐾 買肉「的話」，那家店較便宜。提議的假設用「なら」

相較於「ＡとＢ」，「ＡならＢ」的條件句就比較簡單了，它並沒有Ａ條件成立後，Ｂ也會成立／進行的意思在，因此不適用於「ＡとＢ」，的真理事實、習慣等，但它**常用來建議別人**用。何謂建議別人呢？我們看一下例句吧！

    提供建議

肉を買うなら、駅前のスーパーが安いです。

買肉的話，車站前面的超市較便宜。

台北へ行くなら、新幹線のほうが早いから、新幹線で行きましょう。

去台北的話，搭新幹線會比較快，搭新幹線去吧。

假設你有朋友正困惑著，要買肉的話，該去哪一家店買才便宜呢？這時你可以建議他，去車站前的超市買，那裡比較便宜，或者朋友想去台北玩，煩惱著到底是坐巴士去還是坐高鐵去好呢？由於高鐵速度較快，所以就建議他坐高鐵去，像是這樣建議別人的句子，就使用ＡならＢ的句型。

另外，Ａなら Ｂ 還有一個典型的用法，用來承接話題用，例如：

Ａ：王さんはどこですか。	Ａ：王仔在哪裡？
Ｂ：王さんなら、トイレにいます。	Ｂ：王仔的話，在廁所。
Ａ：トイレはどこですか。	Ａ：廁所在哪裡？
Ｂ：トイレなら、地下一階にあります。	Ｂ：廁所的話，就在地下一樓。

Ａ問起王仔在哪裡？Ｂ就回答；王仔（的話）在廁所，Ａ又問起廁所在哪裡？Ｂ又回答，廁所在地下一樓。像這種**承接話題的用法，常出現於問答句中，此時的なら，就用來接上一句的話題用**。

🐾 既麻煩，限制又多的條件假設用法「ば」

接下來我們來看看，比較麻煩的條件句「Ａば Ｂ」。在Ａば Ｂ 的句型中，**Ａ的部分只能放置「動詞／い形容詞」**，例如：行けば、食べれば、すれば／おいしければ、暑ければ，而**B在使用上也有許多限制，不可以接續表達希望、命令、禁止、請求等意志用法的句型或動詞**，因此～たい／ましょう／ください等用法在Ａば Ｂ 的條件句型中，**應該是不會出現的**。

A （動詞／い形容詞）ば B （非意志表現）

先生に聞けば、わかります。　　　　　　　　問老師的話，就會懂。

薬を飲めば、病気が治ります。　　　　　　　吃藥的話，病就會好。

儘管如此，我們在學習日語時，還是會聽到以下兩種類型的ば型用法，這又是為什麼呢？

① A是狀態性動詞或形容詞

猫の餌が安ければ、いっぱい買ってください。

貓飼料便宜的話，就買多一點。

天気がよければ、公園へ散歩に行きましょう。

天気がよくなければ、家で寝ましょう。

天氣好的話，就去公園散步吧。

天氣不好的話，就在家裡睡覺吧。

最近はとても忙しいです。できれば、猫の手も借りたいです。

最近超級忙。可以的話，好想請人幫忙。

可楽猫が行けば、黒皮犬も行きます。

可樂貓去的話，黑皮狗也會去。

5時までに彼女が来れば、私たちは一緒に映画を見に行きましょう。

五點前她來了的話，我們就一起去看電影吧。

前面①有提到「ば」是很不容易處理的文法，必須對應情況區分使用。在②「Ａばｂ」的句型中，當Ａ是一般的動作性動詞時，Ｂ部分絕對不會出現意志表現。但**當Ａ是狀態性動詞（あります、います、できます等），或形容詞時，就沒有這個限制了**，另外，在②「ＡばＢ」的句型中，**當Ａ、Ｂ彼此主詞都不同時，Ｂ部分也可以接續意志性表現。**

不知會不會有人抱怨，ＡばＢ的Ａ部分只能放置動詞／い形容詞，那名詞／な形容詞該怎麼辦，真不公平！其實名詞／な形容詞也可以用於「ＡばＢ」的假定句型中，只是此時會變成「Ａならば Ｂ」，在**「Ａならば Ｂ」的句型中，特別強調Ａ的部分**，另外ならば通常會被省略成なら，也就是「Ａなら（ば）Ｂ」，例如：元気なら（ば）、静かなら（ば）、雨なら（ば）、日曜日なら（ば）……也因此，下面的句子是沒有任何問題的喔！

| A（名詞／な形容詞）ば B = A なら（ば）B |

今夜暇なら（ば）、一緒に飲みに行きましょう。

今天晚上有空的話，一起去喝一杯吧。

私が猫なら（ば）、たくさんのところを探検してみたいです。

如果我是貓的話，我想到處去探險。

🐾 後面句子不受限制的條件假設用法「たら」

最後，我們來看看「たら」的最後的一個條件句型用法，相較於「A ば B」在用法上有諸多限制和例外情況，「A たら B」可就好用多了，由於 **B 的部分沒有限制，因此你想怎麼用就可以怎麼用喔！**

| 接續句型不受限 |

面白い映画があったら、見に行きましょう。

如果有好笑的電影，就去看吧！

可楽猫が乱暴をしたら、厳しくしつけなければなりません。

如果可樂貓不聽話的話，非得嚴厲的教訓她不可。

一般而言，たら前面還可以搭配もし形成「**もし～たら**」的加強條件句型，但如果是**既定事實**，也就是說，**一定會發生的事情，則不能在たら前面加上もし**。例如：

不合常理的錯誤用法

☒ もし四時になったら、ちょっと休みましょう。

這會是個非常奇怪的句子，大家要特別注意一下喔！另外，我們也常會看到以下的「ＡたらＢ」的例句：

Ａ完成後，做Ｂ

お酒は二十歳になったら、飲めます。

滿20歲之後，就可以喝酒。

ウンチをしたら、手をきれいに洗ってください。

上完廁所之後，請把手洗乾淨。

這裡如果用條件句來理解的話，似乎又有點怪怪的，這又是為什麼呢？原來「ＡたらＢ」除了有**Ａ條件成立的話，進行Ｂ動作**的意思

外，還有**A動作結束後，做B動作**的意思。換句話說，它相當於
「Aした後で、Bます」的句型。

 [總複習]四種假設用法，放在一起看更好懂

綜合以上的解說，我們終於能簡單地區分と、なら、ば、たら這四
個「～的話」的用法了，簡單歸納如下：

と

➡️ 用於絕對的真理或事實、報路、機械操作說明用

なら

➡️ 建議別人，或承接前面的話題使用

ば

➡️ 條件假設用法，後面通常不能接續各種意志表現（但有例外）

たら

➡️ 條件假設用法，後面的句子隨便接，沒有任何意志限制，另外
也有「～之後」的意思在

為了方便大家學習，再整理成下表：

	特徵	限制	給初學者的建議
～と	①説明真理事實 ②報路 ③機械操作説明用 ④迷信句型中常用と來表示	①後面不能接意志表現 ②若是反覆發生的動作習慣，後面可以接意志表現	①建議別人時使用～なら，其他一律使用～たら，基本上就不會出錯。
～なら	①建議別人 ②承接前面的話題		
～ば	標準條件型	①後面不能接意志表現 ②當ば前面是接續狀態動詞／形容詞時，後面可接續意志表現 ③A、B主詞不同時，後面可接續意志表現	②文章中常使用～ば、口説中則較常使用～たら。 ③～と用於絕對會發生的事物。
～たら	①以もし～たら的句型表達「假設」 ②用途最廣，幾乎沒有使用的限制 ③有「～之後…」的用法	對於一定會發生的事情，不能使用もし～たら的假設句型	

另外，相信很多人都曾有這樣的疑問——

「如果我是有錢人的話……」這句話究竟該用と、なら、ば、たら中的哪一個最正確呢？

由於它是假設用法，因此使用ば跟たら一定沒問題，但必須注意它們後面接續的～部分是不是帶著意志表現的句子或動詞，這將會決定句子的構成。

最後再跟大家分享條件句中的超級重點！**條件句中「主詞的助詞」一定是**が，**絕對不會出現**は（參見23頁），請大家一定要注意喔！

＊＊有趣的日文豆知識＊＊

神社祈福的香油錢請勿投10円？？？

有學生問我：「在日本神社投賽錢時，為什麼通常投5円？如果投10円可以嗎？」雖然日本人為了方便，有時也會投10円，但多數人都忌諱投10円。這是因為日本的神社也吃「語呂合わせ（ごろあわせ）_{諧音字}」這一套，意思是說──

5円（ごえん） ➡ 象徵著跟神明有「御縁（ごえん）」
10円（とおえん） ➡ 象徵著跟神明無緣「遠縁（とおえん）」

除此之外，還有幾個日本人也會採用的，
象徵良緣和好運的投賽錢數，例如：

11円 ➡ いい 　　25円 ➡ 二重御縁（にじゅうごえん）
41円 ➡ 良い（よい）45円 ➡ 始終御縁（しじゅうごえん）

「できる猫」很できない…

 能幹的貓努力方向錯誤，就只是隻蠢貓

我喜歡將貓咪的玩具和零嘴放進書桌的抽屜，想逗貓或餵貓的時候，就隨手打開抽屜，非常方便。有一天下午，我因為肚子餓臨時外出覓食，想說一下子就回來，所以家裡大門就沒上鎖，房間也只留下睡夢中的可樂貓。但是，萬萬沒想到，回到家竟看到書桌的三個抽屜都被拉出來，其中一個還被「清空」，東西全被倒了出來，因為抽屜放了不少貴重物品，讓我嚇了一大跳，衝動得想立刻報警。我強迫自己鎮靜，在詳細調查事發現場後，找到幾個疑點：

① 貓的零食散落一地？　② 逗貓棒不見了？　③ 現金沒事？

這實在很可疑。我偷偷地瞄了可樂貓一眼，她還在原來的位置睡覺，但是鬍鬚黏著一些零食屑屑。我馬上把她叫起來問話，果然是她「盜

み食い（ぬすみぐい）^{偷吃}」，為了零食把我的抽屜翻得亂七八糟，真是一隻壞貓。後來我跟朋友說了這件事，大家都不相信貓會開抽屜，但其實可樂貓真的很聰明，不只會開抽屜，還會開「たんす ^{衣櫃}」和窗戶，甚至門卡榫較鬆的木頭門，她都可以用爪子輕易地勾開。她只要看過人類操作一次，馬上就能學起來，非常厲害。

曾經有一次我怕她偷吃我的消夜，所以把麵包跟餅乾藏在背包裡，沒想這個傢伙竟然利用我去洗澡時，用爪子把背包的拉鏈勾開，把麵包跟餅乾咬了出來。最令人生氣的是，大概麵包味道不夠高級，餅乾也沒有法式下午茶的玫瑰風味，所以她都只咬了一口就不吃了……無論如何，她雖然是隻大壞貓，但在發現食物和偷吃上，非常**能幹**，借用日文來說的話，她是一隻「できる貓」。

 能力動詞或稱可能動詞
類似英文 can ／ could 的用法

所謂的「**できる**」指的是「**做得到**」的意思，是一種用來表示能力的動詞，我們把它稱為「**能力動詞**」，也有人將它稱為「**可能動詞**」。以「行きます」這個字來舉例，當它是「行きます」時，它是「去某地方」的意思，但當它變成「能力動詞」的「行けます」時，它則是「可以去、能去某地方」的意思，換句話說，它相當於

英文中的「can／could」的用法，下面跟大家介紹一下日文的三類動詞，如何變成「能力動詞」。

🐾 第一類動詞變成能力動詞：い段音改成え段音

先從較複雜的第一類動詞說起，變法如下：**把ます前面的い段音（いきしちにびみり）改成え段音（えけせてねべめれ）就可以了**。但必須特別注意的是，第一類動詞在變成能力形的え段音後，它的詞性已經變成第二類動詞了，因此當「行きます」變成「行けます」後，它的四態分別會是「行ける（原型）」「行けない（否定型）」「行けた（過去型）」及「行けなかった（過去否定型）」。

	可能動詞	可能動詞原型
い段音	➡ え段音	
合います	合えます	合える
行きます	行けます	行ける
話します	話せます	話せる
立ちます	立てます	立てる
死にます	死ねます	死ねる
飛びます	飛べます	飛べる
読みます	読めます	読める
帰ります	帰れます	帰れる

🐾 第二類動詞變成能力動詞：動詞去掉ます，加上られます

如果是第二類動詞的話，其能力動詞的變化規則為，**把動詞後面的ます去掉，再加上られます就可以了**。第二類動詞在變成能力動詞後，其詞性還是第二類動詞，以「寢ます」的能力動詞「寢られます」為例，它的四態分別會是「寢られる（原型）」「寢られない（否定型）」「寢られた（過去型）」及「寢られなかった（過去否定型）」。

	去掉ます	可能動詞 加上られます	可能動詞原型
寢ます	寢	寢られます	寢られる
食べます	食べ	食べられます	食べられる
考えます	考え	考えられます	考えられる
止めます	止め	止められます	止められる
見ます	見	見られます	見られる
います	い	いられます	いられる
起きます	起き	起きられます	起きられる

🐾 第三類動詞變成能力動詞：できます、来られます

在第三類動詞的部分，只要把「します」變成「できます」，而「来ます」變成「来られます（こられます）」就是「能力動詞」了。第三類動詞在變成「能力動詞」後，其詞性也會變成第二類動詞，以「します」的能力動詞「できます」為例，它的四態分別會是「できる（原型）」「できない（否定型）」「できた（過去型）」及「できなかった（過去否定型）」。

	可能動詞	可能動詞原型
来ます	来られます	来られる
します	できます	できる
結婚します	結婚できます	結婚できる
コピーします	コピーできます	コピーできる
ごろごろします	ごろごろできます	ごろごろできる

🐾 換成能力動詞，助詞を要換成が，但有例外

「能力動詞」應用到句型中時，有個地方要注意一下：**原本使用を的助詞會替換成が（移動、穿越的を例外），而其他的助詞例如へ、で、に、と等則不用替換，無需做任何調整**，例如：

助詞**を**替換成**が**

日本語**を**話します。 ➡ 日本語**が**話せます。

コーヒー**を**飲みます。 ➡ コーヒー**が**飲めます。

助詞**へ、で、に、と**不變

日本**へ**行きます。 ➡ 日本**へ**行けます。

台湾**で**会います。 ➡ 台湾**で**会えます。

彼女**と**結婚します。 ➡ 彼女**と**結婚できます。

穿越、移動，助詞**を**不變

公園**を**散歩します。 ➡ 公園**を**散歩できます。 （移動的を例外）

橋**を**渡ります。 ➡ 橋**を**渡れます。 （穿越的を例外）

 直接看見和聽到 VS. 間接看見和間接聽到

關於能力動詞，還有個大問題是，我們知道「見ます」是第二類動詞，所以它的能力動詞會變成「見られます」，而「聞きます」是第一類動詞，所以它的能力動詞應該是「聞けます」。然而，我們

卻很常聽到「見えます」跟「聞こえます」的講法，這是怎麼一回事呢？

其實「見られます」「見えます」都是「看得到」「能看見」的意思，而「聞けます」「聞こえます」也都是「聽得見」「能聽見」，只是在**使用上，有「直接／間接」的使用限制在**。

🐾 現場看到或聽到：見えます、聞こえます

所謂「直接」的用法指的是，我們「於某現場能聽到的聲音、看到的影像」，例如：我們坐捷運快到達台北車站時，車廂內會廣播即將到達台北車站，因為我們就坐在車廂內，這種**當場就能聽到的聲音，屬於直接性的能力動詞**：

> **直接聽到**

車内の放送が聞こえます。

能聽到車內廣播。

而當我們從台北車站的大廳走出去之後，眼前就看得到遠方的101大樓，這時我們可以講：

台北101が見えます。

能看見台北101。

🐾 間接看到或聽到：見られます、聞けます

相較於「聞こえます」,「見えます」是直接傳入耳朵,映入眼裡的能力動詞用法,「聞けます」跟「見られます」則是間接聽到、間接看到的用法。例如:我人在日本唸書,若是想聽台灣的收音機,我必須使用網路才能聽到:

インターネットを使えば、台湾のラジオが聞けます。

又或者我在日本期間,朝思暮想可樂貓,我家人就跟我講,回台灣就能看到那隻壞貓了:

台湾へ帰ったら、可楽猫が見られます。

總結來說，在我們耳朵沒壞掉、眼睛沒故障的情況下，傳入耳朵裡的所有聲音，映入眼裡的所有影像，都使用「～が聞こえます」「～が見えます」來表示，而在某種條件成立的情況下，我們才聽得到的聲音，或看得到的影像，使用「～が聞けます」及「～が見られます」來表示。

雖然「できる猫」是個很厲害的稱呼，但我一直覺得可樂貓用錯地方了，如果她的できる是能幫我上上課，或者表演雜技賺賺錢之類的，那才真的叫作「できる 能幹」呢！

＊＊有趣的日文豆知識＊＊

做菜、做家事，統統さしすせそ

日本人做菜時，一定少不了的東西就是「さしすせそ」，這其實指
的是烹飪必備的「調味料（ちょうみりょう）」，它們分別代表：

さ ⟹ 砂糖（さとう）　　　　し ⟹ 塩（しお）

す ⟹ 酢（す）　　　　　　　せ ⟹ 醤油（せうゆ）

そ ⟹ 味噌（みそ）

另外，最近幾年蔚為話題，甚至引發風潮的收納、掃除，也流行起
「さしすせそ」的說法，其中所代表的家務則是：

さ ⟹ 裁縫（さいほう）　　　し ⟹ 躾（しつけ）

す ⟹ 炊事（すいじ）　　　　せ ⟹ 洗濯（せんたく）

そ ⟹ 掃除（そうじ）

各位也可以找一找，屬於你自己的「さしすせそ」，某一天或許也
能成為「某件事的代稱」，而且是從你開始引發的風潮喔！

  搞懂17個關鍵文法，日語大跳級！跟著王可樂，打通學習任督二脈

Sense 13

可樂貓仔幫我抓小強的「授受動詞」

 誰為誰，誰又幫誰？
比八點檔還混亂的授受動詞

我常跟學生講，如果害怕老了會痴呆，可以趁年輕時學日文，因為日文除了有大量動詞變化，能考驗大腦「回転力（かいてんりょく）運轉能力」的優點外，還有授受動詞等應用，可以活化大腦的思考能力和邏輯。而且學日文有益身心，不但可以看片子（我是指チャレンジしまじろう 巧連智之類的）放鬆，還可以認識日本妹，更可以預防「認知症（にんちしょう）失智症」，實在好處多多啊。

不過必須小心的是，日文好學，但文法例外。曾經就有人學文法學到走火入魔，因為觀念錯誤，大腦轉不過來，結果竟然發瘋起笑了⋯⋯

據說最容易引發起笑症狀的文法中，以授受動詞的部分最為嚴重，

這是因為授受動詞，常常出現誰為誰，誰又幫誰的情況，非常複雜，比三粒八點檔的劇情還混亂，因此今天就針對授受動詞簡單做一下解說，但願大家不要再起笑，都能順利地預防痴呆吧！

我們知道日文的授受動詞有三個，分別是：あげます、もらいます、くれます，這三個動詞如果單純使用物品的「贈與」來理解，就是「給別人～」「得到～」以及「給我～」的概念。

贈與的三種授受動詞

～をあげます ➡ 給別人～

－－－－－－－－－－－－－－－－－－－－－－－－－－－－－

～をもらいます ➡ 從別人那裡得到～

－－－－－－－－－－－－－－－－－－－－－－－－－－－－－

～をくれます ➡ 別人給我～

 動詞て型接續授受動詞，會產生「人情」

如果使用動詞的て型來連接這三個授受動詞的話，困難度就變高了，因為它會產生「受益／恩惠」的意思在，說恩惠不容易懂，我們可以把它改用「人情／親切」的方式來理解。換句話說，**動詞て加上あげます、もらいます、くれます這三個動詞後，會出現「某人幫某人～」「某人為某人～」之類的意思。**

🐾 我（某人）幫某人做～：動詞てあげます

我們先來看看あげます的部分，它最典型的句型為：

Aは／がBに～を動詞てあげます （A為／給／幫／替B做～）

這裡的A可以是我，也可以是別人，但B的部分一定是別人，中文是，**A為／給／幫／替B做～**，通常可再分Aは／が①Bを／②Bに～を／③Bの～を動詞てあげます三種句型。另外，**動詞てあげます**需根據對方身分地位，再細分為**動詞てやります（對晚輩用）、動詞てあげます（對平輩用）、動詞て差し上げます（對長輩用）**，因此完整的標準句型應該是：

❶ Aは／が　Bを　動詞てやります／あげます／差し上げます

❷ Aは／が　Bに～　を動詞てやります／あげます／差し上げます

❸ Aは／が　Bの～　を動詞てやります／あげます／差し上げます

（句型❷最常見）

首先針對對平輩使用～てあげます來做解說。

| 平輩對平輩做～ | A 很熱情的 do something for~ B |

陳さんは綺麗なお姉さんを助けてあげました。

小陳救了漂亮的小姐。

王さんは変な友達に面白いビデオをコピーしてあげました。

王仔拷貝了有趣的影片給變態朋友。

私は友達のごみを捨ててあげました。

我幫朋友丟垃圾。

假設上述的三個情況分別是：

◎小陳走在路上，忽然一位正妹跑來大叫：「救命！有變態要對我那個⋯⋯」，由於是正妹，為了展現男子氣慨，小陳很熱血地跑過去跟變態理論，雖然最後被打成豬頭，但無論如何，正妹沒被那個⋯⋯所以小陳救了正妹。

◎王仔有個很變態的朋友想看「有趣」的影片，不知從何著手，剛好王仔有收藏好幾GB的「影片」，所以很熱心地拷貝給變態朋友看。

◎我跟一群「汚友達（おともだち）^{狐群狗黨}」住在一起，由於垃圾車收集垃圾的時間點，狐群狗黨們都外出打工，因此我就熱血心腸地幫這群朋友倒掉他們的垃圾。

在以上的情況中，它們都有個共通特徵：**A的部分**，不管是我還是別人，大家都**帶著熱情與好意，幫別人做某事**。簡單地說，它們相當於英文中的do something for~。另外，由於句型中使用對平輩用的

「～てあげます」，因此B部分出現的別人，其身分地位跟A是相同的。不過日文是看人說人話，見鬼講鬼話的，根據對應情況及對方身分地位的不同，會有不同的用字或文法，上面介紹過～てあげます對平輩用，而～て差し上げます則是對長輩使用，對晚輩則是使用～てやります。

對不同身分對象做～ 對象是長輩時，有忌諱

這裡我們就以最常見的句型②，來做比較吧！

Aは／が Bに　～を動詞てやります／あげます／差し上げます

［對長輩］

王さんは　田中先生に　台湾のお土産を買って差し上げました。

王仔給田中老師買了台灣的名產。

［對平輩］

陳さんは　日本人の友達に　台湾のお土産を買ってあげました。

小陳給日本朋友買了台灣的名產。

［對晚輩］

美冴さんは　シロちゃんに　餌を買ってやりました。

美冴給小白買了飼料。

由於田中老師是長輩，因此給田中老師買了台灣的土產時，使用「買って差し上げます。」，而日本人的朋友是平輩，因此使用「買ってあげます。」。如果對方是晚輩，例如小孩、阿貓阿狗等時，就使用「買ってやります。」，**使用動詞て型配合不同的動詞，表達不同的敬意。**

| 對象是長輩 | 小心！避免落入「討人情」的窘境 |

不過，請千萬注意以下情況，有一天我去找田中先生，要送「微冷山丘榴槤酥」的禮盒給他，一看到田中先生，我馬上跟田中先生講：

私は先生に台湾のお土産を買って差し上げます。

我給老師買台灣的名產。

一聽到這句話，本來很期待吃「微冷山丘榴槤酥」的田中先生，臉上立刻暴出青筋，可能心中還出現無限個「囧」字，這是為什麼呢？

前面曾經跟大家提過，**授受動詞是存在著人情用法的**，也就是看到你有需求，所以我才幫你做的喔！這是一種親切的表現（因此你欠我人情），這種情況不分あげます、差し上げます、やります，每個都一樣，也因此當面對田中先生講：「先生に台湾のお土産を買

って差し上げます。」田中會覺得，我又沒有拜託你買，是你硬要把榴槤酥塞給我？我可不想欠你人情。

哎呀呀，送禮給別人還要考慮到講話會不會失禮，日文真是太麻煩了，那究竟該怎麼說才好呢？很簡單，其實我們只要講：

台湾のお土産です。どうぞ。

台灣的名產。請笑納。

這樣講既落落大方又不會失禮！不過這只限自己本人親自對長輩做～的情況時，才這樣說。如果是單純敘述別人買禮物給田中先生時，要講：

林さんは田中先生に台湾のお土産を買って差し上げました。

在這種情況下，這種說法是不會有問題的。

🐾 某人給我～：動詞てくれます

前面講完了「為某人／幫／給別人的做～」的動詞てあげます，下面來學學「**別人幫／給自己做～**」的動詞てくれます吧！動詞てくれます最典型的句型為：

Aは／が Bに～を 動詞てくれます

這裡的A一定是別人，但B通常是「我」，中文是：A為／給／幫／替我做～

不過，動詞てくれます也可以再細分成Aは／が①Bを／②Bに～を／③Bの～を動詞ます三種句型，而**動詞てくれます**又根據對方身分地位，再區分為**動詞てくれます（對晚輩／平輩用）**、**動詞てくださいます（對長輩用）**，因此完整的標準句型應該是：

❶ Aは／が　 Bを　 動詞てくれます／くださいます

❷ Aは／が　 Bに～　 を動詞てくれます／くださいます

❸ Aは／が　 Bの～　 を動詞てくれます／くださいます

（句型❷最常見）

> 平輩、晚輩幫我做～ 大家都很好心，而且熱情地幫我

我們先以針對平輩、晚輩使用的～てくれます做解說，例如：

可楽猫は私を助けてくれました。

可樂貓救了我。

山田さんは私に牛丼を作ってくれました。

山田先生幫我做牛肉蓋飯。

あるアメリカ人は私の写真を撮ってくれました。

一位美國人幫我拍照片。

假設以上的三種情況分別是：

◎我房間的床底下突然出現一隻小強，把我給嚇死了，在我不知所措的時候，可樂貓馬上衝到床下，伸出她的左手45度摸摸，再用右手90度扣扣，把小強勾出來之後，用她的嘴巴咬住小強，然後大搖大擺地把小強帶離我的房間，救了我一命（這種情形光是想像就很噁心，如果真的發生了，在我心裡的陰影沒消失之前，絕對不準她再上我床……）。

◎我想吃日本人做的道地牛肉蓋飯，一位叫山田的朋友，知道我的願望後，自發性地要做給我吃。

◎我一個人在日本的奈良公園遊覽，想以小鹿為背景拍張照片，卻找不到人可以幫忙時，有一位阿多仔看我很困擾，就跟我說「photo？」我就回答說：「耶死耶死，ありがとう」，然後這位親切的阿多仔就主動地幫我拍了照片。

在以上的情況中，它們的共通特點為，**大家都帶著熱情與好意，幫我做某事**。

| 平輩、晚輩幫我的（誰）做～ | 適用死忠兼換帖的好交情 |

不過我們偶爾也會看到這樣的句子。

陳さんは**私の妹**にチョコレートを買ってくれました。

小陳買巧克力給妹妹。

山田さんは**私の友達**にお金を貸してくれました。

山田先生借錢給我的朋友。

注意到了嗎？這裡的對象並不是我，他們分別是我妹妹跟我的朋友，這又是怎麼一回事呢？原來我跟我妹感情超好，好到我的東西是我的，而我妹的東西也是我的，另外我跟我朋友的感情也很好，簡直是生死之交，好東西一定彼此分享（女朋友例外），甚至我都把他當成自家人看待了。在這些情況下，不管是買巧克力給我妹妹，還是借錢給我朋友，總之巧克力我可以拿去吃掉，別人借我朋友錢，也相當於借我錢，因為他們都是**我的自家人兼好伙伴**，因此，我們不妨把くれます的句型再稍改為：

Aは／が　私／(私の)家族、友達を　動詞てくれます／くださいます。

Aは／が　私／(私の)家族、友達に～を　動詞てくれます／くださいます。

Aは／が　私／(私の)家族、友達の～を　動詞てくれます／くださいます。

換句話說，當我認定的家人或好朋友，他們受到別人的幫助或好處時，相當於我得到好處。

三種不同身分對象　「給我」的用法

くれます跟あげます相同，必須依對應的對方身分地位使用不同等級的「給我」，這裡也以最常見的句型②來做比較吧！

Aは／が　私／(私の)家族、友達に～を　動詞てくれます／くださいます。

[**長輩**]

田中先生は私に日本のお土産を買ってくださいました。

田中先生買了日本的名產給我。

[**平輩**]

陳さんは私に日本のお土産を買ってくれました。

小陳買給我日本的名產。

[晚輩]

黑皮犬は私に夜食を買ってくれました。

黑皮狗為我買消夜。

田中先生由於是長輩，當他為我做～時，使用對應的動詞ください
ます，而陳さん跟黑皮犬，分別是平輩和晚輩，因此使用動詞くれ
ます來表示。

🐾 我（某人）拜託某人（我）獲得～：動詞てもらいます

最後我們來看看**もらいます**，這個是**大家最不會用也最容易搞錯
的**，號稱授受動詞中的大魔王！

もらいます強調的是「從別人得到～」，其典型句型為：

Aは／が Bに 動詞てもらいます

**這裡的A可以是我，也可以是別人，但B必須是別人，不可以是
我**。它的中文意思為：**A從B得到某種幫助**。但這種解說實在不容
易理解，由於「Aは　Bに　動詞てもらいます」句型中的動作主
是B，而A則是受到動作的對象，因此我們不妨把它的中文更改
為：B為／給／幫／替A做～。例如：

陳さんは医者に体を診てもらいました。

醫生替小陳診察身體。

林さんは闇金業者にお金を貸してもらいました。

地下錢莊把錢借小林。

私は山田さんに牛丼を作ってもらいました。

山田幫我做牛肉蓋飯。

我們再假設以上的三個情況分別是：

◎陳桑身體不舒服，懷疑自己感染了伊波拉，所以去診所請醫生幫
　他檢查。

◎林桑最近手頭緊，剛好電視在播放「借錢免煩惱……」的廣告，
　於是馬上殺到店裡，拜託「借錢才煩惱」的那個光頭老板借他
　錢，在辨完了各種複雜的手續之後，終於借到500元。

◎我想吃牛肉蓋飯，因此我拜託山田桑做給我吃，山田桑看我可
　憐，就做給我吃了。

在以上的例句中，它們的共通特點為：**B不會主動幫忙A做～**，而

是Ａ在拜託或請求Ｂ後，Ｂ才願意幫Ａ做某事，換句話說，在動詞
てもらいます的句型中，存在著「請求／拜託對方」的語感，是帶
有強烈的感謝語氣。

從不同身分對象「得到」各有不同程度的敬意用法

もらいます也需要視對應對方的身分地位，而使用不同敬意的「得
到」。**當對方是平輩、晚輩時，使用～てもらいます，而當對方是
長輩時，使用～ていただきます**，因此完整的標準句型應該是：

Aは／が　Bに　動詞てもらいます／いただきます

[**對長輩**]

私は田中先生に日本のお土産を買っていただきました。

我請田中先生買日本的伴手禮給我。

[**對平輩、晚輩**]

私は陳さん／家の近くのがきに日本のお土産を買ってもらいました。

我請小陳／鄰居小屁孩買日本的伴手禮給我。

我委託田中先生幫我買日本的伴手禮，他買給我，所以我很感謝
他，由於他是長輩，所以使用～ていただきます，而拜託陳さん跟

住家附近的小屁孩買了日本的伴手禮給我，由於他們的身分分別是平輩跟晚輩，因此使用～てもらいます。

心甘情願付出和拜託對方才做 要用不同的說法

相信很多人都有疑問，下面這兩個句子在翻譯成中文後意思都是相同的，但在日文語感上有什麼不同呢？

[對方自願做給我]

山田さんは私に牛丼を作ってくれました。

山田給我做了牛肉蓋飯。

[我請對方做給我]

私は山田さんに牛丼を作ってもらいました。

山田給我做了牛肉蓋飯。

很簡單；「**作ってくれました**」強調的是山田心甘情願主動要做牛肉蓋飯給我吃，我可沒拜託他做，而「**作ってもらいました**」則帶**有我拜託山田做**牛肉蓋飯給我吃，山田就做給我吃，「真的很感謝山田」的語氣。

有請求的寓意 | 常用可能動詞反問的句型

由於**動詞てもらいます存在著「請求」的語感**，也因此當我們在請求別人做某事情時，**通常使用可能動詞的反問句型「～てもらえませんか」**來表達，如果「請求」的對象是長輩時，我們就可以用具有更高敬意的「**～ていただけませんか**」來請求對方。例如：

[**對朋友說**]

写真を撮ってもらえませんか。　　　　可以幫忙拍張照嗎？

[**對老師說**]

論文を見ていただけませんか。　　　　可不可以幫忙看看這篇論文呢？

轉移寓意的動詞接もらいます | 前面的助詞可用から代替に

最後，大家應該也曾看過這樣的句子吧？

陳さんは友達から携帯を貸してもらいました。

朋友借出手機給小陳。

可楽猫は王さんから席を譲ってもらいました。

王仔讓位給可樂貓。

這裡友達及王さん後面使用的助詞是から並不是に，是為什麼呢？

其實不管是から或是に在這兩個句型中都是通用的，這是因為「Ａは Ｂに 動詞てもらいます」的句型中有個潛規則——如果Ｂ幫Ａ做某件事，出現物品移轉時，<u>「Ｂに動詞てもらいます＝Ｂから動詞てもらいます」</u>。基本上，這些帶有物品移轉的動詞，以讓ります、貸します、支払います、出します等為主，這些動詞在もらいます的動作授受表現如下：

Ａは Ｂに動詞てもらいます＝Ａは Ｂから動詞てもらいます

不管是用に還是から意思都完全相同。

 ［總複習］一張表看懂
誰為誰、誰求誰、誰又自願做

說明到這邊，大家有沒有覺得授受動詞的人際關係真的很複雜呢？不過沒關係，我們只要先搞清楚是要為別人～，還是請求別人～，又或者是別人自願為我們～，再多練習它們各自的句型（千萬不要死背），這樣一定能把授受動詞學好，還能預防痴呆，一石二鳥好處多多啊！最後附上一張簡易的圖表，這是以上解說的精華版，大家可以參考一下喔！

	Ｖてあげます	Ｖてくれます	Ｖてもらいます
基本句型	Aは／が Bを Ｖてあげます Aは／が Bに〜を Ｖてあげます Aは／が Bの〜を Ｖてあげます	Aは／が Bを Ｖてくれます Aは／が Bに〜を Ｖてくれます Aは／が Bの〜を Ｖてくれます	Aは／が Bに Ｖてもらいます Aは／が Bから Ｖてもらいます
中文意思	A為／給／幫／替B （別人）做〜	A為／給／幫／替B （我）做〜	B為／給／幫／替A做〜
對長輩	Ｖて差し上げます	Ｖてくださいます	Ｖていただきます
對平輩	Ｖてあげます	Ｖてくれます	Ｖてもらいます
對晚輩	Ｖてやります	Ｖてくれます	Ｖてもらいます
需注意	A ➠ B（別人） 不能對著長輩直接使用：Ｖて差し上げます 例如： 對著田中先生説 ☑ 私は田中先生に台湾のお土産を買って差し上げました。	A ➠ B（我） 在くれます的句型中，B可以是我／我的家人／我的朋友	B ➠ A Aは／が Bから Ｖてもらいます的句型中，Ｖ部分通常是讓ります、貸します、支払います、出します等具有物品移動意義的動詞。

學日文的好處之

放錯重點

打電玩

V.S

1P 2P

看日劇

世界の中心で、愛をさけぶ

把妹

預防老年失智

你是當窩
還是小朋友

怎麼又寄貓飼料
來了，難道我
又刷卡了～

我最愛
王可樂～

王可樂是貓，
老師叫王可樂，
我是貓耶。

三貓劇場

Sense **14**

令人「瘦身」的「受身動詞」

 我被「瘦」身動詞折磨，瘦了三公斤

我一直覺得日文的動詞變化很有春天午後的感覺，這是因為日文的動詞多變而且難以捉摸，就像春天午後多變的天氣，無法掌握。

舉例來說；我們在花了好多的心力，好不容易學會了て型、ない型等基礎變化後，以為可以鬆口氣休息一下時，後面突然又出現了更難，更複雜的動詞變化，真的很令人洩氣。

比方說「受身形」這個新的動詞變化。記得當時我學得很辛苦，幾乎廢寢忘食地學習，整個人都瘦了三公斤，卻還是學不會，非常氣餒。這也讓我想到，「受身型」應該是因為會讓人「瘦身」，才會叫作「受身型」吧！話說回來，「受身型」是什麼東西？它的動詞變化又是怎麼一回事呢？

簡單來說，「**受身型**」就是「**受身動詞**」，中文的意思是「**被（某人）～**」，就跟英文的「be Ved（by someone）」意思是一樣的。以「責備」的日文「**叱（しか）ります**」為例句來說，當它變成「**受身動詞**」的「**叱られます**」時，意思就會變成是「**被（某人）責備～**」。

當一般動詞變成「受身動詞」後，在日文中會產生「**直接受身**」「**間接受身**」「**受害句**」等各別的用法，這部分稍後會跟大家解說，這裡先來學習一下三類動詞的「受身動詞」變法。

🐾 「受身動詞」的第一類動詞變法

把ます前面的い段音（いきしちにびみり）改成あ段音的（わかさたなばまら），再加上れ就可以了。

第一類動詞在變成「受身動詞」後，它的詞性已經變成第二類動詞了，因此當「行きます」變成「行かれます」後，它的四態分別會是「行かれる（原型）」「行かれない（否定型）」「行かれた（過去型）」及「行かれなかった（過去否定型）」。

	受身動詞	受身動詞原型
い段音	➡ あ段音＋れ	
合います	合われます	合われる
行きます	行かれます	行かれる
話します	話されます	話される
立ちます	立たれます	立たれる
死にます	死なれます	死なれる
飛びます	飛ばれます	飛ばれる
読みます	読まれます	読まれる
帰ります	帰られます	帰られる

🐾 第二類動詞的「受身動詞」變法

把動詞後面的ます去掉，再加上られます就可以了（跟第二類動詞的「能力動詞」變法相同）。

第二類動詞在變成「受身動詞」後，其詞性還是第二類動詞，以「寝ます」的受身動詞「寝られます」為例，它的四態分別會是「寝られる（原型）」、「寝られない（否定型）」、「寝られた（過去型）」及「寝られなかった（過去否定型）」。

		受身動詞	受身動詞原型
	去掉ます	加上られます	
寝ます	寝	寝られます	寝られる
食べます	食べ	食べられます	食べられる
考えます	考え	考えられます	考えられる
止めます	止め	止められます	止められる
見ます	見	見られます	見られる
います	い	いられます	いられる
起きます	起き	起きられます	起きられる

🐾 第三類動詞的「受身動詞」變法

第三類動詞只要把「します」變成「されます」，而「来ます」變成「来られます（こられます）」就是「受身動詞」了。第三類動詞在變成「受身動詞」後，其詞性也會變成第二類動詞，以「します」的受身動詞「されます」為例，它的四態分別會是「される（原型）」「されない（否定型）」「された（過去型）」「されなかった（過去否定型）」

	受身動詞	受身動詞原型
来ます	来られます	来られる
します	されます	される
結婚します	結婚されます	結婚される
コピーします	コピーされます	コピーされる
ごろごろします	ごろごろされます	ごろごろされる

 受身動詞的三種句型變法

前面說過,當一般動詞變成「受身動詞」後,會產生「直接受身」「間接受身」「受害句」等各別的用法,現在就為大家一一分析。

🐾 直接受到影響的直接受身!

「受身動詞」最基本的句型為:
AはBに Vられます （A被B～）

舉例來說,我喜歡在可樂貓吃飼料的時候把她的飼料盒往後移,對此行為她大概不爽我很久了,有一天當我又把她的飼料往後移時,她突然轉過頭冷冷地看我一眼,然後往我的手咬下去,痛死我了。

雖然她是家裡的太后，但我還是把她抓回來，K了她一頓。在這邊用「咬」的「かみます」及「毆打」的「なぐります」來說明的話就是：

我**被可樂貓**咬了 ⟹ 私は**可楽猫に**かまれました。

可樂貓**被我**打了 ⟹ 可楽猫は**私に**なぐられました。

由於「我」被咬了／「可樂貓」被打了，是我跟可樂貓「直接地被影響、波及」，因此它是**直接受身句型**。

★受身句型跟授受句型很像，但意思不太一樣

需注意的是以上兩個例句中，我們發現「ＡはＢに Ｖられます」的受身句型，跟「ＡはＢに Ｖてもらいます」的授受句型意思相同，動作主也都是Ｂ。儘管如此，這兩個句子在表達上是不一樣的，以「忙到不可開交，甚至希望連貓咪都能來幫我們」的「猫の手も借りたい（ねこのてもかりたい）」這情況來說明的話，可以講成：

[我拜託貓來幫我]

私は猫に手伝ってもらいました。

或是說：

搞懂17個關鍵文法，日語大跳級！跟著王可樂，打通學習任督二脈

[貓自己跑來幫我]

私は猫に手伝われました。

當它是「猫に手伝ってもらいました」時，是我拜託貓咪幫忙後，
貓咪才來幫我，**我很感謝貓咪，我欠貓咪一個人情恩惠**。而「猫に
手伝われました」時，則是貓咪雞婆，自己跑來幫忙，**牠造成我的
困擾**，因此**我不感謝貓咪，我也沒欠他人情**。

🐾 間接受到影響的間接受身！

另外在受身動詞的用法中，如果是「**A的物品／A身體的一部分
被B～**」時，會使用以下的句型：

A は B に 物品／身體的一部分 を V られます

我的錢包被可樂貓咬了 ➡ 私は可楽猫に財布を噛まれました。
_____
可樂貓的屁股被我打了 ➡ 可楽猫は私にお尻を叩かれました。

在以上的句型中，由於「A的物品／身體的一部分被B～」了，對
A而言A是個非直接受害、遭受困擾的用法，因此被稱為**間接受身
句型**，通常在不好、負面的帶賽情形下才會出現該句型。

不過，「我的弟弟被可樂貓咬了」，用日文只能講：

🔲 私の弟は可楽猫に噛まれました。

絕不可以講成：

☒ 私は可楽猫に弟を噛まれました。

這是因為，我的弟弟不是我的物品，也不是我身體的一部分，是「真人」的弟弟，大家可不要想歪了喔！

🐾 受害句！

在「間接受身句型」中，還有一種較特別的受害用法，例如「来られました（被來了）」「浮気されました（被偷吃了）」「タバコを吸われました（被抽菸了）」等，由於中文沒有這種講法，因此建議不要用中文來理解。舉例來說：

我明天一早6點就要外出工作，今晚必須早點睡才行，可是朋友卻來找我聊天，而且待到很晚才走，對我而言這真的非常困擾。這在日文中就是「いられました（被待、被存在）」。

➡➡ 私は遅くまで友達にいられました。　　　　我被朋友待到很晚。

或者我家隔壁的小陳很愛他的女朋友，但他的女朋友前陣子不小心偷吃，小陳很難過，哭了好久，用日文來說，就是「浮気されました（被偷吃了）」。

➡➡ 陳さんは彼女に浮気されました。　　　　小陳被女朋友偷吃了。

另外，我跟可樂貓在2月22日那天去高級餐廳慶祝「猫の日（ねこのひ）」，本來餐廳氣氛好燈光佳，但隔壁桌的客人一直抽菸，煙味一直往我們這桌飄，有夠不舒服，難得的晚餐也就這樣被糟蹋了……日文要說成「タバコを吸われました（被抽菸了）」。

➡➡ 食事の時、私たちは隣の人にタバコを吸われました。
吃飯時，我們被隔壁的人抽菸了。

在以上的情況中，我們可以看出，不管是我還是小陳，雖然都沒有被B直接影響到，但卻間接地造成我跟小陳的不幸與困擾，像這類型的**間接受身句型**，我個人喜歡將它稱為帶賽句，但日文則有專門的稱呼，叫作**受害句**。

🐾 帶有「產生」特性的動詞，句型用法有異

在一開始說明時，我們曾提過基本的「被動句型」為：

AはBに Vられます

但如果動詞部分是：発見します、設計します、書きます、作ります等帶有「創造出」「產生出」「發現出」等意思的動詞時，需使用以下的句型。

AはBによって Vられます

例如：世界上本來沒有ipad這個平版電腦的，但賈伯斯製作了它，ipad終於誕生➡➡ アイパッドはジョブスによって作られました。

或者〈挪威的森林〉這首動人的情歌，如果歌手「伍佰」沒去演唱的話，就不會有人知道這首歌，但伍佰演唱它，而且還唱紅了它。
➡➡〈挪威的森林〉は「伍佰」によって歌われました。

🐾 非生物主詞的受身動詞用法

最後在「受身動詞」的用法中，有一種用事物（非人或動物）當主詞的句型，我們把它稱為「非生物主詞句」，其句型如下：

Aは／が Vられます

❶ Aは Vられます ➡ 用於說明A的情況

❷ Aが Vられます ➡ 用於指出、限定A

例如：

日本のお寿司はどうですか。

日本的壽司好吃嗎？

➡➡日本のお寿司は台湾でよく食べられています。

日本的壽司在台灣也可以吃到。

この小説はどうですか。

這本小說好看嗎？

➡➡ この小説は多くの国で翻訳されています。

這本小說被好幾個國家翻譯。

駅の近くに、何が建てられましたか。

車站附近，有蓋了什麼建築嗎？

➡➡ 駅の近くに、大きなスーパーが建てられました。

車站附近，蓋了一家很大的超市。

日本では１月と２月に何が行われますか。

日本在1月和2月有舉辦什麼嗎？

➡➤ 日本では１月と２月に大学の入学試験が行われます。

日本在1月和2月舉辦大學入學考試。

「受身動詞」雖然不容易懂，但只要先知道三類動詞的變法，再逐一了解各個句型的特徵，相信就不會太難了。而且，看在「受身動詞」還有「瘦身」效果的成分上，請大家好好地學習吧！

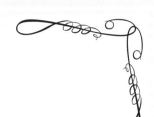

＊＊有趣的日文豆知識＊＊

お色直し

日文中有個字叫「お色直し（おいろなおし）」，直譯的意思是「重新上色」，但其實它真正指的是日本女性在結婚時，結束莊嚴隆重的婚禮儀式後的「更換衣裝」。

相信大家多少都有些印象，日本女性在寺廟舉行結婚儀式時，通常會穿上純白色的傳統新娘嫁衣，叫作「白無垢（しろむく）」。 據說在「白無垢」的狀態下，最接近神明。當寺廟內的儀式結束後，下一個階段要進行「披露宴（ひろうえん）」，也就是招待親友的喜筵，而喜宴上新娘會穿著華麗的衣裳，相較於「白無垢」，這種衣服就稱為「色物（いろもの）」。

新娘子在把「白無垢」換成「色物」的這個換衣服的動作就叫作「お色直し」，其中有「脫離神界，回歸凡間」的象徵意義在。

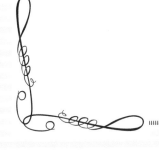

おしまい
劇終

三貓劇場

男人不該讓女人流淚的「使役動詞」

 男人不該讓女人流淚的「讓」

前面跟大家介紹了日文的「受身型」，也就是「被某人～」的用法。這篇要來跟大家說說另一個動詞變化，叫作「使役型」。所謂的**使役型指的是「使役動詞」**，它是**「讓某人～」**的意思，我們很常聽到的「男人不該讓女人流淚」就是一個使用使役型的句子。使役型的**動詞變法跟「受身型」**類似，因此在學習時，需注意不要混亂。那麼，我們先來學習一下各類動詞的「使役動詞」變法吧！

「使役動詞」的第一類動詞變法

把**ます**前面的い段音（いきしちにびみり）**改成あ段音的**（わかさたなばまら），**再加上せ就可以了**（如果改成れ會變成「受身動

詞」）。第一類動詞在變成「使役動詞」之後，它的詞性會變成第二類動詞，因此當「行きます」變成「行かせます」後，它的四態分別會是「行かせる（原型）」「行かせない（否定型）」「行かせた（過去型）」及「行かせなかった（過去否定型）」。

	使役動詞	使役動詞原型
い段音	➡ あ段音＋せ	
合います	合わせます	合わせる
行きます	行かせます	行かせる
話します	話させます	話させる
立ちます	立たせます	立たせる
死にます	死なせます	死なせる
飛びます	飛ばせます	飛ばせる
読みます	読ませます	読ませる
帰ります	帰らせます	帰らせる

🐾「使役動詞」的第二類動詞變法

把動詞後面的ます去掉，再加上させます就可以了。第二類動詞在變成「使役動詞」後，其詞性還是第二類動詞，以「寝ます」的「使役動詞」「寝させます」為例，它的四態分別會是「寝させる（原型）」「寝させない（否定型）」、「寝させた（過去型）」

及「寝させなかった（過去否定型）」。

	去ます	➡️ 加させます（使役動詞）	使役動詞原型
寝ます	寝	寝させます	寝させる
食べます	食べ	食べさせます	食べさせる
考えます	考え	考えさせます	考えさせる
止めます	止め	止めさせます	止めさせる
見ます	見	見させます	見させる
います	い	いさせます	いさせる
起きます	起き	起きさせます	起きさせる

🐾 「使役動詞」的第三類動詞變法

第三類動詞只要把「します」變成「させます」，而「来ます」變成「来（こ）させます」就是「使役動詞」了。第三類動詞在變成「使役動詞」後，其詞性也會變成第二類動詞，以「します」的受身動詞「させます」為例，它的四態分別會是「させる（原型）」「させない（否定型）」「させた（過去型）」及「させなかった（過去否定型）」。

	使役動詞	使役動詞原型
き 来ます	こ 来させます	こ 来させる
します	させます	させる
結婚します	結婚させます	結婚させる
コピーします	コピーさせます	コピーさせる
ごろごろします	ごろごろさせます	ごろごろさせる

 使役動詞有「強制要求〜」和「允許〜」
兩種句型

在「使役動詞」的句型中，一般會有「**強制要求某人…**」及「**允許
某人…**」的用法在，這邊我們將它簡單化，統一用中文的「**讓某
人…**」來解釋，其句型有兩個：

❶ Aは Bに 他動詞させます
....
❷ Aは Bを 自動詞させます

★使用他動詞時，助詞用に

句型❶「**A は　B に　他動詞させます**」的意思是「**A讓B〜**」。注
意！這裡的「**使役動詞**」必須是「**他動詞**」。例如：可樂貓在家裡

是老大，經常命令「小朋友」幫她打掃房間，偶爾也會叫「當窩」幫她買鮪魚罐頭，在這邊「打掃」的「掃除します」及「買」的「買います」在變成「使役動詞」後，分別會變成：「掃除させます」跟「買わせます」。

可樂貓讓**小朋友打掃房間**━▶ 可楽猫は**小朋友**に**部屋を掃除させます**。

可樂貓讓**當窩買鮪魚罐頭**━▶ 可楽猫は**當窩**に**ツナ缶を買わせます**。

★使用自動詞時，助詞用を

句型❷ 「**A は B を 自動詞させます**」的意思也是「**A讓B～**」。在這句型中，「使役動詞」必須是「**自動詞**」。例如：可樂貓喜歡在地上滾來滾去，由於動作很可愛，因此經常惹大家笑，不過有時候她又很壞，讓我很生氣。

可樂貓讓**大家笑**━▶ 可楽猫は**みんな**を**笑わせます**。

可樂貓讓**我生氣**━▶ 可楽猫は**私**を**怒らせます**。

從上面的句型中，我們知道在使用「使役動詞」的句型時，一定要熟悉自、他動詞，這需要有強烈的語感才行，因為如果我們用錯了自、他動詞，那助詞就會搞錯，講出來的日文就不正確了。

★使用移動性自動詞時，避免句子出現兩個を

需注意的是，在「Ａは　Ｂを　自動詞させます」句型中，當自動詞是「歩かせます」「走らせます」等**移動性的自動詞時，為了避免句子出現兩個を，因此Ｂ的部分還是放に**：

私は猫に公園を歩かせます。

我讓貓去公園走走。

先生は学生にグラウンドを走らせます。

老師讓學生跑操場。

★表現心理狀態的使役動詞，助詞用を

另外**情感動詞或能表現心理狀況的動詞**，例如：「感動します」「驚きます」「怖がります」「失望します」「安心します」等，**Ｂ部分的助詞一定用を，形成「Ａは　Ｂを　情感動詞させます」的句型**，例如：

可楽猫は私を怒らせました。

可樂貓讓我生氣。

可楽猫は私を喜ばせました。

可樂貓讓我開心。

[總複習]
句子中沒を就放を，有を就放に

以上林林總總說那麼多，那麼，在下面的句子中，我們該填入什麼樣的助詞才正確呢？

❶ 人間は猫_____チョコレートを食べさせてはいけません。
❷ 神様は雨_____降らせます。

在初級的學習階段中，其實有個很快速的方法，那就是———

句子中沒を就放を，有を就放に

例如：句子❶由於句子裡已經出現を了，因此使用助詞に
➡ 人間は猫にチョコレートを食べさせてはいけません。

而句子❷的句子裡並沒有出現を，因此使用を
➡ 神様は雨を降らせます。

為什麼會這樣呢？
其實日文中有個規則：一個動詞對應一個を和一個受詞，也因此如果將句子❶改為：

→⟩ 人間は猫を チョコレートを 食べさせてはいけません。

意思就會變成,究竟「人類是不讓誰(不明)?吃掉貓,還是吃掉巧克力呢?」另外,自動詞在變成使役動詞之後,本身的詞性會變成他動詞,也因此句子 ❷ 裡頭的自動詞「降ります」在變成使役動詞的「降らせます」後,就變成「〜を降らせます」的他動詞用法了。關於**自動詞的他動詞化**,可以翻回前面 Sense3 和 Sense4 復習一下。

🐾 非學不可!實用的句型:「可不可以讓我〜呢?」

最後,在「使役動詞」的用法中,有一個句子非常實用,大家一定要學起來:〜Vさせていただきます。它的意思是「**讓我做〜**」,跟「〜ていただきます」的「**請別人做〜**」意思正好相反。「**〜Vさせていただきます**」是個非常客氣的講法,常以可能型的反問句型表現:〜Vさせていただけませんか。

向別人詢問「可不可以讓我〜呢?」例如:

この車の写真が欲しいんですが、

(私に)写真を撮らせていただけませんか。

我很想要這部車的照片,可以讓我拍個照片嗎?

用事があるので、（私を）早く帰らせていただけませんか。

因為有點事，可不可以讓我早點回家？

由於在Ｖさせていただきます／Ｖさせていただけませんか的句型中，「**做〜的人**」**是我自己**（或我方人員），因此「**私に／私を**」，**通常會被省略**。另外，這是個**充滿敬意的謙讓句型**，因此當我們跟長輩或身分地位比我們高的人講話時，可以使用這個句子表達「**讓我來做〜**」，絕對會讓對方覺得，你真是個有禮貌的小孩子。

言歸正傳，男人不該讓女人流淚，應該用を還是に呢？
我們不妨先把句子給寫出來之後，再來思考助詞：

男は女＿＿＿泣かせてはいけません。

由於句子裡頭**沒有出現を，所以放を才正確**。這種做法雖然有點麻煩，但對自、他動詞還不太熟悉的人而言，只要能經常做這樣的導入練習，大腦就會自然地記憶，並快速地反應出適當的自、他動詞及助詞，這是非常有效而且容易練習的方法，請大家一定要試看看。

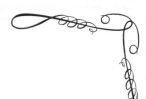

＊＊有趣的日文豆知識＊＊

謊報數量‧年齡？

據說「鯖（さば）」這種魚非常容易腐壞，所以漁販在漁市場裡算完數量之後，會迅速地放入箱子裡發貨，而且經常發生出貨數量與訂單有誤的情形。

可能是因為太頻繁發生，所以也成為流行語。日本人常講的「鯖を読む（さばをよむ）」指的就是在數字或年齡上糊弄，有蒙混、謊報年齡或實際數量的意思。例如：「あの女優は十歳も鯖読みしている。」意思是「那個女明星謊報年齡少了十歲。」的意思。

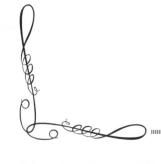

搞懂17個關鍵文法，日語大跳級！跟著王可樂，打通學習任督二脈

Sense **16**

心不甘情不願的使役受身動詞

「使役受身動詞」簡單來說就是「不爽型」

幾年前我讀博士班時有個必修學分,是個很特別的課程,修這堂課的所有學生都必須去越南做考古調查。由於那是我人生第一次前往越南,所以非常期待,但是當飛機從日本飛往越南途中,經過台灣附近上空時,我還真的差點跳機,好想回家看看我朝思暮想的阿貓們。這是我第一次感覺到離家很近卻又很遠。

說到越南,真是個好山好水、風光明媚的地方,而且陽光「非常」普照,同行的每位研究生都被陽光曬成黑炭,幾乎認不出誰是誰。我們在越南停留了八天,每天的行程不外乎是去某祠堂或某墳墓前,調查家族族譜或墓碑上的訊息,整個過程一點都不香豔刺激,而且驚恐萬分,因為必須遵守許多禁忌,比方說,要看某個廟裡珍藏的書卷時,得先拜拜請示,不能亂來,否則會如越南師父說的惹禍上身。無論如何,調查只進行了六天,最後兩天我們坐車從 A 地

前往 B 地，沿途山路蜿蜒，儘管路途遙遠，但景色優美，並不覺得累。只是人有三急，偏偏一路上都沒看到廁所，好不容易到了一個類似休息站的地方，終於可以「洩洪」時，跑來了好幾個越南女生要我們買商品，否則不外借廁所。在這種情況下，儘管是被逼迫，也不得不買，這不禁讓我聯想到日文「使役受身動詞」的用法。

何謂「使役受身動詞」呢？當你**受到其他人的命令或要求，必須做一些心不甘情不願的事情**時，就可以使用**使役受身動詞來表達**。除此之外，使役受身動詞也可以用來表示「某種壓抑不了的情感」或「對某件事有強烈的感覺」。有人將使役受身動詞稱為「させられる型」，我個人則是喜歡將它稱為**「不爽型」**，這是因為不爽型最常被用來表示「被逼著做一些自己不想做的事情」。不爽型也有各自的動詞變化，現在就從第一類動詞開始說明。

🐾 「使役受身動詞」的第一類動詞變法

❶ 把ます前面的い段音（いきしちにびみり）改成あ段音的（わかさたなばまら）。

❷ 再加上せられ，此時會變成〜せられます。

❸ 一般通常把「せら」省略成「さ」，因此會變成〜されます。

要注意第一類動詞的ます前面若是「し」，例如「話します」「消します」等時，並不會將「せら」省略成「さ」，也就是說**第一類動詞「～します」的「使役受身動詞」是「～させられます」**。

第一類動詞在變成「使役受身動詞」後，詞性也變成第二類動詞，因此當「行きます」變成「行かせられます」後，會再縮短為「行かされます」，而它的四態分別會是「行かされる（原型）」「行かされない（否定型）」「行かされた（過去型）」及「行かされなかった（過去否定型）」。

	使役受身動詞	使役受身動詞	使役動詞原型
い段音	➡ あ段音＋せられ	➡ あ段音＋され	
合います	合わせられます	合わされます	合わされる
行きます	行かせられます	行かされます	行かされる
＊話します	話させられます	話させられます	話させられる
立ちます	立たせられます	立たされます	立たされる
死にます	死なせられます	死なされます	死なされる
飛びます	飛ばせられます	飛ばされます	飛ばされる
読みます	読ませられます	読まされます	読まされる
帰ります	帰らせられます	帰らされます	帰らされる

🐾 「使役受身動詞」的第二類動詞變法

使役受身動詞的第二類動詞變法比較簡單：

❶ 把ます去掉　　　**❷** 後面再加上させられます

第二類動詞變成させられます型後，並不會出現將せら省略成さ的用法。第二類動詞變成「使役受身動詞」後，詞性還是第二類動詞，以「寝ます」的使役受身動詞「寝させられます」為例，四態分別是：「寝させられる（原型）」「寝させられない（否定型）」「寝させられた（過去型）」「寝させられなかった（過去否定型）」。

		使役受身動詞	使役受身動詞原型
	去ます	加させられます	
寝ます	寝	寝させられます	寝させられる
食べます	食べ	食べさせられます	食べさせられる
考えます	考え	考えさせられます	考えさせられる
止めます	止め	止めさせられます	止めさせられる
見ます	見	見させられます	見させられる
います	い	いさせられます	いさせられる
起きます	起き	起きさせられます	起きさせられる

☙ 「使役受身動詞」的第三類動詞變法

❶ 「します」變成「させられます」

❷ 「来ます」變成「来させられます（こさせられます）」

第三類動詞在變成「使役受身動詞」後，其詞性也會變成第二類動詞，以「します」的使役受身動詞「させられます」為例，它的四態分別會是：「させられる（原型）」「させられない（否定型）」「させられた（過去型）」「させられなかった（過去否定型）」。

	使役受身動詞	使役受身動詞原型
来ます	来させられます	来させられる
します	させられます	させられる
結婚します	結婚させられます	結婚させられる
コピーします	コピーさせられます	コピーさせられる
ごろごろします	ごろごろさせられます	ごろごろさせられる

 「使役受身動詞」也分成：
自動詞／他動詞兩種句型

「使役受身動詞」跟「使役動詞」一樣，分為自動詞／他動詞的句型：

❶ Aは／が Bに 他動詞させられます

❷ Aは／が Bに 自動詞させられます

🐾 他動詞句型：B要求A，A不得不做～

基本句型是：

Aは／が Bに 他動詞させられます

其意思為「**A因為B的命令、要求等，所以A不得不做～**」，此時
A的心情是很不情願的。需注意這裡的動詞必須是「**他動詞**」。以
「買います」為例，在越南時，我根本不想買明信片跟地圖，但對
方要求買「土產」才能上廁所，所以在他們的要求下，我就不爭氣
的買了……用日文說，就是：

私はベトナムの売り子に葉書と地図を買わされました。

我被越南的小販要求買了明信片和地圖了。

又或者在越南時，我被要求拍很多一點也不想拍的照片，卻又不能
拒絕，只能忍淚拍攝，用日文講，就是：

私は研究室の先輩にたくさんの写真を撮らされました。

我被研究室的前輩要求拍了很多照片。

🐾 自動詞句型：Ｂ命令Ａ，Ａ不得不做～

「使役受身動詞」的自動詞句型為：

Ａは／が　Ｂに　自動詞させられます

其意思也是「**Ａ在Ｂ的命令、要求下，Ａ不得不做～**」，**Ａ的心情也是很不情願的**。這裡的動詞使用**「自動詞」**。以「働きます」為例，在越南時，我們一群研究生其實都想以「觀光」的名義前往，但此行的目的是「工作」，所以不管外面陽光多太，寺廟、祠堂裡是否有什麼禁忌，總之上面說「幹活」，我們就必須「働く」，這用日文講，就是：

私たちは上の人に働かされました。

我們被上面的人命令工作。

這次的越南行去了不少帶有忌諱色彩的地方，同行來自台灣和中國的其他留學生，被要求去採訪那些地方時，臉色都怪怪的。但不去不行，否則會拿不到學分，畢不了業，所以就算千萬個不願意，還是得前往，這用日文來講，就是：

留学生たちは先生に行きたくない所へ行かされました。

留學生們被老師命令去他們不想去的地方。

🐾 「不爽型」也可用來表示壓抑、不受控制的情感等

前面提過，「不爽型」除了可以**表示被逼迫去做某件事情的不爽心情**外，還可以用來表示，**因為某種原因，造成某種壓抑、控制不了的情感**或**對於某件事有強烈的感觸、想法**，此時它的動詞通常以「喜びます、悲しみます、泣きます、悩みます、心配します、考えます、反省します」等**情緒類的動詞**為主，例如：可樂貓跟我鬧脾氣，離家出走一天，讓我擔心死了，此時就可以講：

[壓抑情緒]
家出をした可楽猫に心配させられました。

又或者，可樂貓在外面吃不了苦，終於回家了，看到她終於回家，我忍不住哭了…

[情感流露]
家に戻ってきた可楽猫に泣かされました。

一般而言，「**使役受身動詞**」通常用於負面情況，但只有一個動詞例外，那就是「**考えさせられます**」。當我看到前陣子台灣缺水缺很嚴重時，我不禁想起關於水資源的許多事情，這用日文說，就是：

[感觸良多]

台湾の水不足の状況を見て、水についていろいろ考えさせられました。

在越南的那幾天，儘管每天都要頂著大太陽外出做調查，而且為了上廁所，還被迫買「お土産」，但無論如何，這是人生中一個難得的經驗，特別是這次的越南行讓我深刻體驗到「させられます」的使用時機，否則學了日文這麼久，還真的很少用到不爽型呢！

＊＊有趣的日文豆知識＊＊

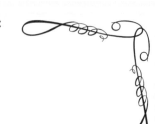

スーパードライ＝超級乾？

有學生詢問アサヒ的生啤酒瓶上，為什麼會寫著「スーパードライ」，ドライ不就是乾燥的意思嗎？確實，日文中「ドライ」是乾燥的意思，但啤酒整瓶都是水，怎麼會「乾」呢？

原來ドライ除了是乾燥，也有「辛口（からくち）」的意思在。「辛口」可以指食物「很辣很鹹」，也可以用來指酒「味道烈／酒精濃度高」。所以說，スーパードライ絕對不是指「超級乾」，而是「酒味強烈」的意思。

另外，和「ドライ」相反的是「スイート」，它是「甜」的意思，也就是我們常聽到的「甘口（あまくち）」。

Sense 17

沒大沒小的尊謙敬語

 正確使用敬語，能讓日本人發自內心欣賞你

大家都知道我家養了三隻貓，老大叫「當窩」，老二叫「可樂」，而老三因為剛到我家時體型很小，用一隻手掌就能掌握，所以叫「小朋友」。我不知道在貓的世界是不是也有「長幼有序」的觀念。不過在2007年時，這三隻貓在我家的權力排名是：當窩〉可樂〉小朋友。因為「當窩」在我家待最久，所以是老大，「小朋友」是最後才來的，所以是小妹。

然而八年過後，這個「長幼有序」的生態早已改變，現在我家的權力分配情況是：可樂〉小朋友〉人類〉當窩。可樂已經躍升家裡的太后，不要說貓同胞，連人類也沒放在眼裡。排名老么的小朋友，也是個忘恩負義的傢伙，除了我媽，對誰都會伸出利爪，沒人敢靠近她。原本的老大當窩現在則被當成小弟，可樂會叫唆他，小朋友

也會欺負他，整個世道全變了，真是沒大沒小，沒秩序又沒禮貌，看來我得找一天教教他們如何「尊敬」別人（特別是「我」）。

說到禮貌，我們知道日文中有「丁寧語／尊敬語／謙讓語」的敬語用法，日本人非常注重敬語的使用時機，這是因為在正式的場合，一旦使用了不正確的敬語，是很「失礼（しつれい）」的。那學習日文的我們，什麼時候該使用丁寧語？什麼時候該使用尊敬語？什麼時候又該使用謙讓語？它們又分別是什麼東西呢？

 「丁寧語」適用全體
「尊敬語」和「謙讓語」要看對象

日文的敬語用法以「丁寧語」最好理解，它就是我們平常在使用的「～です／ます」，我們一開始學日文就接觸「丁寧語」的原因在於，**不管對方是老大還是小弟，又或者是否是第一次見面的人，只要使用「丁寧語」跟對方交談，就會產生尊敬語感**，這種語感不會得罪對方，讓對方感到不爽。

🐾 看「動作主是誰」來判斷使用「尊敬語」或「謙讓語」
尊敬語跟謙讓語的區分問題比較麻煩，一般教科書常把尊敬語解釋

為「尊敬對方用語」，而謙讓語則解釋為「謙讓自己用語」，這乍看之下似乎簡單明瞭，但仔細思考，你會發現完全不懂，比方說下面的三個句子，應該使用尊敬語，還是謙讓語呢？

❶ 老師你的包包我來拿

❷ 老師你讀過我的報告了嗎？

❸ 老師你讀過我寫的報告了嗎？

其實「尊謙敬語」使用「動作主是誰」來理解才容易懂，當動作主是別人時，使用尊敬語，當動作主是自己時，使用謙讓語，所以是：

❶ 老師你的包包我來拿 ➔ 謙讓語

❷ 老師你讀過我的報告了嗎？ ➔ 尊敬語

❸ 老師你讀過我寫的報告了嗎？
➔ 老師你讀／尊敬語、我寫的／謙讓語

尊敬語的四種表現法

尊敬語用來表示對方做某事時，通常會使用以下的四種形式來表達：

説明對方做某事

❶ お／ご V ~~ます~~ になります

休みます ➡️ お休みになります。

考えます ➡️ お考えになります。

（通常）します ➡️ ご連絡になります。

請求對方做某事

❷ お／ご V ~~ます~~ ください

休みます ➡️ お休みください。

考えます ➡️ お考えください。

安心します ➡️ ご安心ください。

説明對方做某事

❸ ～られます

行きます ➡️ 可楽様は台北へ行かれます。

預けます ➡️ 可楽様はホテルに缶詰を預けられます。

出張します ➡️ 可楽様は日本へ出張されます。

説明對方做某事

❹ 特殊型（參見216頁附表）

見ます ➡ ご覧になります。

食べます ➡ 召し上がります。

します ➡ なさいます。

相較於❸〜られます的尊敬方式，❶的お／ご V ますになります跟
❹的特殊型是比較客氣的，因此更適合用於正式場合，而❷的お／
ご V ますください，可以在句子前面加上どうぞ，這會讓請求對方
做某事時的口氣更客氣更溫和。

😺 謙讓語的兩種表現法

謙讓語用來表示，我做某件事情，其標準的句型為：

説明自己做某事

❶ お／ご V ますします

願います ➡ お願いします。

届けます ➡ お届けします。

連絡します ➡ ご連絡します。

說明自己做某事

❷ 特殊型（參見216頁附表）

見ます ⟹ 拝見します。

食べます ⟹ いただきます。

します ⟹ いたします。

前面曾提及當**動作主是自己時，使用「謙讓語」表示禮貌**，但當我們在別人面前，提到自己的家人或自己公司的員工時，也必須使用「謙讓語」。這是因為日本人非常注重內外關係，當自己**面對著外人時，相當於代表家族或公司**，因此對外人**使用「謙讓語」**，會讓對方感受到，「我跟家人／公司是一體的」。

🐾 名詞和表達身分的尊敬用法

★名詞的尊敬用法，要如何判斷加お，還是ご

在名詞前面接上お／ご也會形成尊敬的用法，例如：

あなたの家 ⟹ お宅（你的家）

あなたの住所 ⟹ ご住所（你的住址）

雖然有一些例外，但一般而言，在日本人自己創造的漢字名詞（只適用於日本的漢字講法）前通常接お，而在漢字名詞（台灣、中國也使用的漢字講法）前通常接ご，例如：

お：お名前、お食事、お手紙……

ご：ご主人、ご家族、ご利用……

★比丁寧語更客氣的講法

在表示自己的身分或所屬範圍／所擁有的物品時，可以把

～です替換為～でございます

あります替換為ございます

儘管～でございます跟ございます也都屬於丁寧語，但比起～です／あります更客氣，更能向對方表達謙虛的語氣。請試著比較以下兩個句子：

❶ 私は王です。可楽猫に一つ聞きたいことがありますので、可楽猫はいますか。

　我是王仔。因為有件事想請教可樂貓，請問可樂貓在嗎？

❷ 私は王でございます。可楽猫様に一つお伺いしたいことがございますので、可楽猫様はいらっしゃいますでしょうか。

在下是王仔。因為有件事情想請示可樂貓閣下，請問可樂貓閣下在不在？

大家有沒有覺得，跟句子❶相比，句子❷顯得更正式而且饒舌呢？這是因為敬語表現出強烈敬意的緣故，儘管敬語的規則和用字表現非常多，但只要能把以上提到的基本句型學好，在一般日文的應對上應該就很足夠了。有機會的話，請適當地講出幾句敬語，一定能讓你身邊的日本人覺得「你的日文很きれい！」

特殊型

標準用語	尊敬語	謙讓語
います	いらっしゃいます	おります
行きます	いらっしゃいます	伺います 参ります
来ます	いらっしゃいます	参ります
します	なさいます	いたします
聞きます		拝聴します 承ります 伺います

言います	おっしゃいます	申（もう）します
着ます	お召（め）しになります	
会います		お目にかかります
与えます	下（くだ）さります	差（さ）し上（あ）げます
あげます	賜（たまわ）ります	進呈（しんてい）します
見ます	ご覧（らん）になります	拝見（はいけん）します
受け取ります	お納（おさ）めになります	頂戴（ちょうだい）します
食べます 飲みます	召（め）し上（あ）がります	頂（いただ）きます
もらいます		頂（いただ）きます
分かります		かしこまります
思います		存（ぞん）じます
借ります		拝借（はいしゃく）します

趁鬼不在洗衣服！

日本有一句諺語說「鬼の居ぬ間の洗濯（せんたく）」，就跟中文的「貓不在，老鼠就作怪」有異曲同工之妙。

我們家就經常上演這樣的人生劇碼？曾經吒吒斗六的て疤疤浪貓，終於嚐到「出來混是要還的」。

害羞內向的我超怕女生，連恰北北小朋友都常常對我伸出利爪，忘恩負義。

這麼慢，是想餓死我！

下人如我和當竈，只能和公主不在，拍蝴蝶、打蟑螂，噁～洗衣服。

Eurasian Publishing Group
圓神出版事業機構
用心 與你對話・視野無限寬廣

如何出版社
Solutions Publishing

http://www.booklife.com.tw

reader@mail.eurasian.com.tw

Happy Language 148

搞懂17個關鍵文法，日語大跳級！
跟著王可樂，打通學習任督二脈

作　　者／王可樂

發 行 人／簡志忠

出 版 者／如何出版社有限公司

地　　址／台北市南京東路四段50號6樓之1

電　　話／（02）2579-6600・2579-8800・2570-3939

傳　　真／（02）2579-0338・2577-3220・2570-3636

總 編 輯／陳秋月

主　　編／林欣儀

專案企畫／吳靜怡

責任編輯／張雅慧

校　　對／王可樂・蔡緯蓉・張雅慧

美術編輯／林雅錚

行銷企畫／吳幸芳・荊晟庭

印務統籌／劉鳳剛・高榮祥

監　　印／高榮祥

排　　版／杜易蓉

經 銷 商／叩應股份有限公司

郵撥帳號／ 18707239

法律顧問／圓神出版事業機構法律顧問　蕭雄淋律師

印　　刷／龍岡數位文化股份有限公司

2015年12月　初版

2022年9月　25刷

定價330元　　　　　ISBN 978-986-136-439-1

有沒有人能用最簡單易懂的方式，正確點破日文學習難題呢？
王可樂老師做到了！本書力求讓學習者一次就懂且能正確說日語。
內容由淺至深，適合初學者導入概念、幫助進階學習者釐清問題，
17個最多人問的關鍵文法，一次歸納解釋，迅速提升日文實力。
——《搞懂17個關鍵文法，日語大跳級！跟著王可樂，打通學習任督二脈》

◆ **很喜歡這本書，很想要分享**

圓神書活網線上提供團購優惠，
或洽讀者服務部 02-2579-6600。

◆ **美好生活的提案家，期待為您服務**

圓神書活網 www.Booklife.com.tw
非會員歡迎體驗優惠，會員獨享累計福利！

國家圖書館出版品預行編目資料

搞懂17個關鍵文法，日語大跳級！跟著王可樂，打通學習任督二脈／
王可樂 作. -- 初版. -- 臺北市：如何，2015.12
　　220 面；17×23公分 -- （Happy Language ；148）
　　ISBN 978-986-136-439-1（平裝）

　　1.日語　2.語法

803.16　　　　　　　　　　　　　　　　　　　　104021118